二十世纪女孩

弗洛拉·邦宁顿的日记 | 1899年—1900年 |

〔英〕卡罗尔·德林克沃特 著 蔡耘 译

人民文学出版社
PEOPLE'S LITERATURE PUBLISHING HOUSE

著作权合同登记号　图字 01 - 2021 - 4684

My Story：Twentieth-Century Girl：The Diary of Flora Bonnington，London 1899 - 1900
Text © Carol Drinkwater，2001
All rights reserved.

图书在版编目(CIP)数据

二十世纪女孩：弗洛拉·邦宁顿的日记/(英)卡
罗尔·德林克沃特著；蔡耘译. —北京：人民文学出
版社，2016(2024.2 重印)
(日记背后的历史)
ISBN 978-7-02-012049-9

Ⅰ. ①二… Ⅱ. ①卡… ②蔡… Ⅲ. ①儿童小说-中
篇小说-英国-现代 Ⅳ. ①I561.84

中国版本图书馆 CIP 数据核字(2016)第 234944 号

责任编辑　朱卫净　王雪纯
装帧设计　李　佳

出版发行　人民文学出版社
社　　址　北京市朝内大街 166 号
邮政编码　100705

印　　制　山东新华印务有限公司
经　　销　全国新华书店等

字　　数　82 千字
开　　本　890 毫米×1240 毫米　1/32
印　　张　5.75　插页 2
版　　次　2017 年 4 月北京第 1 版
印　　次　2024 年 2 月第 3 次印刷

书　　号　978-7-02-012049-9
定　　价　45.00 元

如有印装质量问题，请与本社图书销售中心调换。电话:010-65233595

序

老少咸宜，多多益善
——读《日记背后的历史》丛书有感

钱理群

　　这是一套"童书"；但在我的感觉里，这又不止是童书，因为我这七十多岁的老爷爷就读得津津有味，不亦乐乎。这两天我在读"丛书"中的两本《王室的逃亡》和《法老的探险家》时，就有一种既熟悉又陌生的奇异感觉。作品所写的法国大革命，是我在中学、大学读书时就知道的，埃及的法老也是早有耳闻；但这一次阅读却由抽象空洞的"知识"变成了似乎是亲历的具体"感受"：我仿佛和法国的外省女孩露易丝一起挤在巴黎小酒店里，听那些平日谁也不注意的老爹、小伙、姑娘慷慨激昂地议论国事，"眼里闪着奇怪的光芒"，举杯高喊："现在的国王不能再随心所欲地把人关进大牢里去了，这个时代结束了！"齐声狂歌："啊，一切都会好的，会好的，会好的……"我的心都要跳出来了！我又突然置身于3500年前的神奇的"彭特之地"，和出身平民的法老的伴侣、十岁男孩米内迈斯一块儿，突然遭遇珍禽怪兽，紧张得屏住了呼吸……这样的似真似假的生命体验实在太棒了！本来，自由穿越时间隧道，和远古、异域的人神交，这是人的天然本性，是不受年龄限制的；这套童书充分满足了人性的这一精神欲求，就做到了老少咸宜。在我看来，这就是其魅力所在。

而且它还提供了一种阅读方式：建议家长——爷爷、奶奶、爸爸、妈妈们，自己先读书，读出意思、味道，再和孩子一起阅读，交流。这样的两代人、三代人的"共读"，不仅是引导孩子读书的最佳途径，而且还营造了全家人围绕书进行心灵对话的最好环境和氛围。这样的共读，长期坚持下来，成为习惯，变成家庭生活方式，就自然形成了"精神家园"。这对孩子的健全成长，以至家长自身的精神健康，家庭的和睦，都是至关重要的。——这或许是出版这一套及其他类似的童书的更深层次的意义所在。

我也就由此想到了与童书的写作、翻译和出版相关的一些问题。

所谓"童书"，顾名思义，就是给儿童阅读的书。这里，就有两个问题：一是如何认识"儿童"，二是我们需要怎样的"童书"。

首先要自问：我们真的懂得儿童了吗？这是近一百年前"五四"那一代人鲁迅、周作人他们就提出过的问题。他们批评成年人不是把孩子看成是"缩小的成人"（鲁迅：《我们现在怎样做父亲》)，就是视之为"小猫、小狗"，不承认"儿童在生理上心理上，虽然和大人有点不同，但他仍是完全的个人，有他自己的内外两面的生活。儿童期的十几年的生活，一面固然是成人生活的预备，但一面也自有独立的意义和价值"（周作人：《儿童的文学》)。

正因为不认识、不承认儿童作为"完全的个人"的生理、心理上的"独立性"，我们在儿童教育，包括童书的编写上，就经常犯两个错误：一是把成年人的思想、阅读习惯强加于儿童，完全不顾他们的精神需求与接受能力，进行成年人的说教；二是无视儿童精神需求的丰富性与向上性，低估儿童的智力水平，一味"装小"，卖弄"幼稚"。这样的或拔高，或矮化，都会倒了孩子阅读的胃口，这就是许多孩子不爱上学，不喜欢读所谓"童书"的重要原因：在孩子们看来，这都是"大人们的童书"，与他们无关，是自己不需要、无兴趣的。

那么，我们是不是又可以"一切以儿童的兴趣"为转移呢？这里，也有两个问题。一是把儿童的兴趣看得过分狭窄，在一些老师和童书的作者、出版者眼里，儿童就是喜欢童话，魔幻小说，把童书限制在几种文类、有数题材上，结果是作茧自缚。其二，我们不能把对儿童独立性的尊重简单地变成"儿童中心主义"，而忽视了成年人的"引导"作用，放弃"教育"的责任——当然，这样的教育和引导，又必须从儿童自身的特点出发，尊重与发挥儿童的自主性。就以这一套讲述历史文化的丛书《日记背后的历史》而言，尽管如前所说，它从根本上是符合人性本身的精神需求的，但这样的需求，在儿童那里，却未必是自发的兴趣，而必须有引导。历史教育应该是孩子们的素质教育不可缺失的部分，我们需要这样的让孩子走近历史、开阔视野的人文历史知识方面的读物。而这套书编写的最大特点，是通过一个个少年的日记让小读者亲历一个历史事件发生的前后，引导小读者进入历史名人的生活——如《王室的逃亡》里的法国大革命和路易十六国王、王后；《法老的探险家》里的彭特之地的探险和国王图特摩斯，连小主人翁米内迈斯也是实有的历史人物。每本书讲述的都是"日记背后的历史"，日记和故事是虚构的，但故事发生的历史背景和史实细节却是真实的，这样的文学与历史的结合，故事真实感与历史真实性的结合，是极有创造性的。它巧妙地将引导孩子进入历史的教育目的与孩子的兴趣、可接受性结合起来，儿童读者自会通过这样的讲述世界历史的文学故事，从小就获得一种历史感和世界视野，这就为孩子一生的成长奠定了一个坚实、阔大的基础，在全球化的时代，这是一个人的不可或缺的精神素质，其意义与影响是深远的。我们如果因为这样的教育似乎与应试无关，而加以忽略，那将是短见的。

　　这又涉及一个问题：我们需要怎样的童书？前不久读到儿童文学评论家刘绪源先生的一篇文章，他提出要将"商业童书"与"儿童文学中的顶尖艺术品"作一个区分（《中国童书真的"大胜"了吗？》，载 2013 年 12 月 13 日《文汇读书周报》），这是有道理的。或许还有一种"应试童书"。这里不准备对这三类童书作价值评价，但可以肯定的是，在中国当下社会与教育体制下，它们都有存在的必要，也就是说，如同整个社会文化应该是多元的，童书同样应该是多元的，以满足儿童与社会的多样需求。但我想要强调的是，鉴于许多人都把应试童书和商业童书看作是童书的全部，今天提出艺术品童书的意义，为其呼吁与鼓吹，是必要与及时的。这背后是有一个理念的：一切要着眼于孩子一生的长远、全面、健康的发展。

　　因此，我要说，《日记背后的历史》这样的历史文化丛书，多多益善！

　　　　　　　　　　　　　　2013 年 2 月 15—16 日

1899 年
伦敦卡多根广场

1899年12月18日

　　我不断地尖叫起来，一声比一声响亮，一声比一声恐惧。我闭上眼睛，不敢去看，接着却又睁开眼睛，因为我实在忍不住想看！天哪，我害怕极了。我深信迎面而来的火车会径直冲向我，将我轧倒并夺走我的生命！那个场景如此逼真，令我胆战心惊。我发誓，如果我被蒙上眼睛带进来安顿在座位上后再睁开眼，周围一片漆黑，我根本猜不到自己在哪儿。会动的画面！谁能想到这些梦境般的想象能成真？这些制作出来的图像让你感觉身临其境，你的生命确实危在旦夕。

　　然后，在车房里，我回想起之前所看到的那些灰色的画面，对贝克小姐（我的家庭教师，正是她带我去了那个有会动画面的房间）说："真奇怪，所有画面都没有颜色。背景里的树、天空，都在灰色的阴影中。而且也没有任何声音。我们听不见驶近火车的鸣笛声，听不见蒸汽发出的嘶嘶声，更听不见车轮快速碾过钢轨的吭当声。"

"没错，弗洛拉，你听不见这些声音，但你看见它们在动，就跟真的一样。"

这可真稀奇，我并不明白，不过这个世界就是如此令人兴奋，让人想要不断追上它的步伐。我们一共看了十个片段，每段持续了大约一分钟。哦，我希望每个人都能去感受一下我曾经历过的：会动的画面！

1899年12月19日

"唯一的声音来自现场为那些会动的照片进行配乐的钢琴师。他的手指在琴键上游动，配合每幅画面调整着曲调。我想，他是气氛的制造者，带来了那种有点戏剧效果的，滑稽的轻音乐。"

刚才吃晚饭的时候，我把昨天的经历告诉了爸爸、姐姐亨莉埃塔和外婆。

"是的，我也听说了那些会动的照片的事儿，"爸爸说，"我可不太同意。我真希望贝克小姐没带你去游乐场观看放映。它们在哪儿？"

"哦，托马斯·邦宁顿！拜托你别那么古板，贝克小姐年轻负责，是个不错的家庭教师。"

"唔，我觉得她太'摩登'了，我不希望她教坏我的两个女儿。"

"半条贝克街都是人呢，爸爸，场面好大啊。"我回答道，兴致大减。为什么爸爸总让我觉得自己做错了事？我敢肯定他的本意并非如此冷漠。

"如果是我，绝对不会同意让她们去的。"亨莉埃塔附和道。我真想一脚把她踢到桌子底下去。她是一个举止规范的完美小姐，总站在爸爸这一边。事实上，他们是彼此可靠的盟友。

"弗洛拉，亲爱的，赶快把你看到的一切都告诉我，我都等不及了！"外婆叫道，她特别着迷于各种新事物。

"在一块黑色屏幕上，"我娓娓道来，"一张接一张地放映着摄影照片，速度之快，让人产生一种图像动起来的错觉。"

"怎么可能呢？"亨莉（我那个讨厌的姐姐的绰号）嘲笑道。

"这些照片的主题是什么?"

"都是关于不同的东西,外婆。不过,有一张照片真是把我吓得魂飞魄散,一辆行驶着的火车朝镜头开了过来,速度特别快,我觉得它会冲出屏幕把我撞飞,吓得尖叫了起来。"

我的家人笑得前仰后合。

"弗洛拉竟然害怕一张照片!"亨莉轻蔑地说道。不过我觉得,只有你亲自坐在那块巨大的屏幕前,才能真正体会到那些照片到底有多逼真!听贝克小姐说,这是由一对巴黎的兄弟发明的,他们拥有欧洲最好的工厂,用来制作感光板和仪器设备。这对兄弟姓卢米埃尔,巧合的是,"卢米埃尔"在法语里的意思是"亮光"。没有亮光,你根本没法拍照片。(贝克小姐教我法语,她为我能记得书中的名词而感到异常欣慰。)

她说,这一定会成为新世纪的新娱乐。哦!我也这么希望。这比看魔法灯光秀或马戏要有趣多了。马戏总是有种让我不舒服的感觉。我很难确切地说出个中原因,我喜欢闻木屑的味道,也不介意被裹在跟我一样对马戏万分期待的人潮中，拥挤着挪向座位，更喜欢现场的乐队、翻着筋斗的演员，这些都很有意思。可是，是动物们在表演。确实是这样。我不忍心看那些可怜的大象步履蹒跚地不停绕着圈，而驯兽师在它们背后扬着鞭子，让它们像乞食的饥饿小狗一样用后腿站起来。

亲爱的贝克小姐真是太贴心了，带我去看了电影。为了感谢她，我一定要送她一份特别的圣诞礼物。

1899年12月21日

库克预订了三只大肥鹅，明天哈罗德百货店就会将它们送来，把它们拔完毛后塞满洋葱、栗子和其他美食，作为我们的圣诞午餐。即将过去的十九世纪孕育了我和我姐姐，在这个世纪的最后一个晚上，爸爸准备举办一个豪华的宴会。亨莉埃塔一月就满十八岁了，所以爸爸决定用宴请满座宾客的方式结束这一年。这一点也不像他的风格。通常他都会埋首工作，将闲暇时间都奉献给无聊的老账目。他很少陪我们。

当天晚些时候

我经过的每个房间，都有一股甜美浓郁的柑橘香扑面而来。这是我最喜欢的味道之一，因为它总是提醒我圣诞节又一次降临了。我们的女仆珍妮在往我房间壁炉里加炭火的时候对我说，我们今年会过一个"白色的圣诞节"。她用我根本无法模仿的浓重伦敦东区口音预告了这一消息，充满了言之凿凿的愉悦，以至于我不敢质疑她为什么对这件事如此确定。

贝克小姐今天下午带着行李坐火车回了什鲁斯伯里的家。我祝她圣诞快乐，并把今早从沃思百货店买来的一小瓶香水送给了她。

1899年12月22日

"起床啦，弗洛拉·邦宁顿小姐！"珍妮今早进来叫醒我的时候，胖嘟嘟的脸颊上带着一股骄傲的兴奋劲儿。她拉起百叶窗，把我叫到窗口。当我向外望去时，发现外面下雪了！多么美的景色！外面的屋檐上有一只知更鸟，歪着脑袋梳理着自己的羽毛，带着高傲的神色耀武扬威地走来走去，仿佛已经在那里待了许久，不耐烦地等着懒惰的我起床。它是这个美好松软的白色世界中唯一的图景。

"我没告诉过你吗？"珍妮一边准备为我洗澡一边叫道。

我们的圣诞树中午前就会被送来，爸爸承诺过，那会是一棵很高的圣诞树。

外婆、亨莉和我今天下午要去哈罗德百货店选购礼物、饼干和挂在圣诞树上的彩色玻璃装饰。接着，外婆答应带我们去百货店对面的咖啡店，享受热巧克力和奶油松饼。多棒的一天啊！

我买了一本日记本，把过去几天写下的杂乱感受誊到了新本子上，它记录了我进入新世纪的旅程。我把它命名为"二十世纪女孩"，因为我即将成为一个二十世纪的女孩了！

1899年12月23日

今天有一些东西从家里秘密进出，一只大箱子被送到了送货员专用的通道，但很快就消失不见了。那时我正好因为肚子饿想在厨房找些点心，不然也不会撞见这一幕。从库克和琼斯（他是我们的管家，肩负神圣职责）脸上的表情和一把扛起箱子的动作来看，我猜那是给我的圣诞礼物。到底是什么呢？它看起来很重，又方又大，根据他们搬运它的方式，我觉得那是个易碎品。当我让琼斯给我一点提示时，他只是眨眨眼跑开了："我等不及了，我喜欢意外惊喜！"

1899年12月24日

巴西特趴在壁炉前的地毯上打瞌睡。它的鼻子发出有趣的抽搭声，好像在做快乐的梦。很晚了，我非常疲倦，却难以入睡。取而代之的是，我整个人都被进行某项秘密工作的快乐所包围了，那就是包装我的那些圣诞礼物：给亨莉的皮革面日记本（比我给自己买的那本时髦多了），给外婆的胸针，给珍妮、安娜和库克的巧克力，给琼斯的梳子，以及给爸爸的银质相框。干完这些后，我懒懒地披上睡袍坐在垫了衬垫的窗台上。除了写下几行字以外，我两个小时都没有挪动位置。我一点都不想看书，便朝卧室窗外寒冷安静的卡多根广场望去。我把鼻子抵着冻得起雾的窗玻璃，其实在那些被我当作珍宝的繁忙的白天和布满星星的夜晚，我已经盯着楼下来来往往的陌生人和邻居看过许久，因为这些都是这个世纪最后的景致了。

被雪花覆盖的马车满载着参加聚会的乘客，嘚嘚的马蹄声敲击在深夜的路面上。过往的行人紧紧地把自己裹在皮毛大衣里，匆匆往目的地赶路，嘴里呼出的白气就像对着明亮的汽灯吐出的烟。我是多么爱伦敦的冬天，又是多么兴奋啊！

时间的车轮滚滚向前，不容分说地把我们带进了新的世纪。我想象着在这个未知的新世界里长大是件多么振奋人心的事，如果我紧闭双眼，几乎就能看到它的发生！时钟分秒向前，每过一个小时报时声就会响起，仆人们更换亚麻桌布，准备好了晚餐，踩在铺着地毯的楼梯上的脚步发出了嘎吱声，宣告着夜晚的降临：圣诞节像一位愉快的朋友般走来了。日子就如同沙漏里的沙般匆匆流过，日升日落，我们跨入了1900年。不管我是否愿意，被时间裹着带入新世纪的我，弗洛拉·邦宁顿，现在有点不知所措。不过，我还是热切地期待它的到来。我人生中有十四年半留在了上个世纪，跨过1899年，迈入1900年。它令我对自己的未来充满了疑问。我在即将到来的新世纪会变成什么样子？在我成为贵族小姐之后还会回想起过去那些快乐的日子和曾经的自己吗？我的生命会像悲剧一般被毫无预兆地夺走，像我那永远陌生的妈妈一样吗？也许我会像最亲爱的外婆那样，获得了不起的成就，为自己的智慧、活力与优雅鼓掌？或者我会追随爸爸的脚步，赢得整座城市？我可以预测自己没法像爸爸那样投身商海，因为我一点也没有数字方面的天分，它们对我来说枯燥乏味。无论如何，这些机会都与女人无缘，因为我们生活在一个男性主宰的世界里。

　　我的爸爸名叫托马斯·邦宁顿，在伦敦富裕的金融区有自己的办公室。他的公司以他的名字命名——邦宁顿。这是一家知名度极高又颇受尊重的进出口公司，将英国海外殖民地的货物运送到伦敦港。

　　也许你能猜到，我爸爸非常有钱。而且他既友善又公正，我深深地爱着他，不过我们的想法不太一致。我们倒不怎么争吵，只是我觉得妈妈应该会更理解我一些。无论如何，我们相处的时间太少了。作为一个商人，他总是忙于工作。（外婆管他叫"财主先生"。）他对我未来的期待跟我自己的可不一样。他最希望看见我跟姐姐亨莉埃塔拥有一桩幸福的婚姻，住在伦敦舒适的宅子里，跟上流社会的丈夫和家人一起生活在受人尊敬的社交界。亨莉也是这么想的。可我却为此焦躁不安。我的内心有种渴望，渴望能在自己的人生中做些与众不同的事，尽管现在我还说不出那到底是什么。这个念头令我兴奋，我绝对不要过碌碌无为的平庸人生。成为一名艺术家、文人或士兵都很棒，但只做某人的妻子这个想法令我有点害怕。大家都认为我年纪太小理解不了这些，所以才会这样胡说。他们说，当我遇到我的真命天子时，就会明白那有多幸福了。就连贝克小姐都这么说，尽管她到现在还没结婚，而且已经超过二十八岁了。

不过，外婆跟大家不一样。她尊重我的想法并鼓励了我。我告诉她，我要上大学，要学习语言和文学。外婆很支持。其实，是她在鞭策我。我的妈妈就上过大学，她是第一批接受高等教育的英国女性，这也得归功于眼界开阔的外婆的鼓励。我亲爱的外婆维奥莱特·坎贝尔女士现在跟我们一起住在卡多根广场这幢五层楼的房子里，稍后我会写很多关于她的事。现在，坐在窗台上的我越来越冷，连脚趾也冻疼了，而且昏昏欲睡。明天就是圣诞节了！万岁！

1899年12月25日

哇！多么大的惊喜啊！

那天早上我无意中看见被投递进来的箱子，原来就是爸爸送给我们的礼物。礼物归我和亨莉所有，但大家都能一起欣赏取乐。爸爸拆开箱子的那一刻我别提多紧张了！他坚持亲自拆开箱子，"万一你们弄坏就不好了"，然后像个魔术师般为我们进行了一场表演。箱子里的机器露出来的那一刻，爸爸说道："嗨，朋友。"管弦乐声随之悠扬地飘了出来。礼物的包装纸掉到了地上，巴西特撕开那些绸带和纸，而我们都惊讶得呆住了。

"亲爱的，我想，这是一台留声机。"外婆说。

"是的，维奥莱特，你没猜错。"爸爸笑着说。

这真的是一项最伟大的发明。我听说过它的名字，却从未亲眼见过它播放乐曲。在画室里被缓缓流出的乐声包围真是一种非凡的体验。盒子里能发出音乐声！我成长在一个怎样的世界里呀！而在这里，我们自己的家中，有一个能播放音乐的机器；一周之前，我还看了会动的无声影片。假如在这个等待着我们的新世纪里，有一种办法能将这两种发明结合起来，创造出会动的有声影片，这将是多大的进步啊！我都幻想起来了！也许我长大了能成为一名发明家，自己将这些点子创造出来。想想，那得有多厉害啊！

外婆送了我一本最漂亮的、皮面精装的戏剧书，作者是一位我不知道的剧作家，但外婆说他的声名正日渐高涨。他的名字叫安东·契诃夫。亨莉送了我一个非常精致的玳瑁发夹，这样我就能把挂到脸上的头发都夹起来了。这些礼物都好贴心！我有一种被深深宠爱的感觉。午饭后，爸爸开车带我跟亨莉到海德公园兜了风。巴西特也跟我们一起去了。它朝着所有东西和人又吼又叫，把我们都逗乐了。我们还看到了一些跟我们差不多的车，司机看上去火气挺大，爸爸嘟嘟按着喇叭，而我们朝他们挥着手。就像在河上划船时被其他船只超过时那样，每个人都振臂欢呼雀跃。这感觉很新奇，但从头到尾都很有趣。

尽管前几天下了雪，但现在阳光暖暖地照耀着，街上到处是熙熙攘攘的人群。我们开车穿过了一个完美纯洁的白色世界。草地和大树伸展的树枝上都覆盖着积雪，天空中点缀着奶白的云朵。所幸我们围着厚厚的披肩，戴着皮手套，被温暖的毯子层层包裹着。这辆新车没有我们的旧车那般挡风。我们迎着大风进行着一场冒险，不过真是令人兴奋！

海德公园一片冬天的景色，却依然迷人。结冰的湖面上有很多人在溜冰，保姆们有的坐在湖边的长凳上聊着天，有的关注着溜冰的人群，有的推着婴儿车散步。小男孩们则在打雪仗、堆雪人。我看到情侣们缩进羊毛围巾里抵御严寒，就像乌龟靠着后腿站起来时似的。这真是一种宁静的假日娱乐，我感到异常开心。

当我一边看着这些一晃而过的风景和每个人的时候，一边想象着怎么把某些场景拍成电影，比如滑冰的人转个弯又摔倒了。但是，它会跟火车进站的画面一样令人激动又害怕吗？会让观众笑着大叫吗？我问自己，它的原理到底是什么呢？照相机吗？我非常想多了解一些关于它的知识，也很希望有人能教我。

晚些时候，喝下午茶之前，在外婆的坚持下，我和亨莉陪她穿过点着煤气灯的路去布朗普顿音乐厅听法国作曲家圣桑的管风琴音乐会。乐曲很庄严，也很难懂。

我的肚子都被美味的食物填饱了，不过也没那么多。真是一个难忘的圣诞节。

1899年12月26日

我蜷缩在温暖的客厅里，面前是噼啪作响的炉火。我从书中抬起头，望着窗外绿树成荫的街道和伦敦夜空中的弯月。雪又静静落下了。我在读契诃夫的书，书中奇妙的场景里总有暴风雪和激昂的情绪。现在这些俄国人和乡村别墅对我来说更真实了，从我窗口望不到的视野里，我读到了这些俄国人物充斥着希望和失落的生活。

外婆告诉我，过不了多久，俄国很可能就会由工人阶级统治了。她预测道，俄国的劳动者和农奴会采取暴力革命的方式，就像法国在上个世纪末的革命那样。"为什么呢？"我问。

"因为劳动者和地主之间存在着太多的贫富差距和不平等。"

"他们会砍下沙皇和皇后的头吗？"我问，"就像法国人砍掉皇室成员的头一样？"

"他们这么做也没什么可大惊小怪的。"

外婆曾经是个地主，不过现在是个社会主义者，就跟妈妈一样。有时当我称她为革命者时，她便会边笑边指责我荒谬。"你有戏剧天分，弗洛拉，我是个社会主义者，我希望某一天当你开始把心思放在这些事上的时候，你也能成为一个社会主义者，小姐。"她令我的妈妈笃信社会主义，并为妇女的权利奋斗。可惜妈妈在我出生后五天就过世了，我从未见过她，也没有机会跟她探讨外婆的信仰、听听她对此是怎么想的。而我从来没跟爸爸讨论过这些，因为我怀疑他根本不会赞同。每当话题转到这方面时，他就会变得沉默而严肃。不过公平地说，爸爸从来没有批评过外婆的信仰。

妈妈过世后，外婆变卖了她的财产，搬来跟我们同住。她只留下了一栋位于格洛斯特郡的乡村别墅，我们时不时会去那里过周末。

1899年12月28日

我是多么期待贝克小姐结束假期从家里回来啊，这样我们又能去看电影了。我忍不住回想上次的经历，希望能了解得更多。今天，距离电影第一次在巴黎公开放映，已经过去四年了。

为了准备家里的跨年派对，我没有更多时间来写日记了。我得到了一条新的丝绸连衣裙，是碧绿色的。我很担心，因为它看起来太正式了，恐怕不适合我。我感觉穿上它都不能走路了，也害怕它会突然断线，不过珍妮反复对我说我看上去"像个皇室贵族"。

1899年12月31日

外婆要去看睡在路堤边的流浪汉，给他们送牛肉汁。我想陪她一起去，却遭到了她的拒绝。

"为什么？"我抗议道，"您觉得我看到那种肮脏景象会不舒服吗？"

"我并不需要保护你远离真实的生活，弗洛拉，不过你爸爸要你待在家里。你必须接待客人。我会在午夜前回来，除了你和我之外，没人会发现我的缺席。"

根本不是这样。每个人都会问起她，而爸爸会礼貌地微笑着如实相告。我们社交界里的朋友们会嘀咕着说外婆很有活力却相当古怪。当然，少数人明白外婆行为的真正价值，不过爸爸不在其中。他一点都不赞同她的政治立场，但因为她是我妈妈的母亲，所以他依然尊重她。无论如何，没人否认外婆在维护她自己的权利方面既聪明又具有力量。她是一位勇敢又独立的女性。我常想，失去唯一的孩子一定给她带来了巨大的悲伤和影响，但她从来没有对我们说过这些。我想象着，假如妈妈没有死，她一定也会跟外婆一样。我有一张妈妈的照片，爸爸的卧室里也有两张她的画像，从那上面看，妈妈像外婆一样既优雅又漂亮。

巴西特在楼下叫了，宾客们的车抵达了，琼斯收下了他们的外套，前门的欢迎曲也响起来了。我得赶快下楼去招待客人了。

1900年1月1日

昨晚爸爸邀请了很多有趣的人来参加派对，当然，也有一两个老古董，比如文森特·安德森先生，好在这类人不算太多。来宾中有一位记者，名叫温斯

顿·丘吉尔，我想亨莉十分为他着迷，一整晚她的眼
睛都没有离开过他身上。我第一次仔细考虑，假如我
有一天坠入爱河（我真不愿意这样），我会选择这样
一个人——他并不一定要有显赫的地位和出众的外
貌，而是一位游历广泛的作家，有着独立的思想。不
过，细想来，丘吉尔先生非常喜欢他自己的声音。他
一开始慷慨演讲，就没打算停下来。他曾经是个士
兵，现在在南非，做早报的记者。他几次提到自己在
布尔战争中的经历。爸爸问他对后座议员劳埃·乔
治反对非洲战争有何看法。丘吉尔回答说："我相信
不久以后他就会是主流政治的主要参与者。是的，先
生，在我看来，乔治先生会大有前途。"他继续将劳
埃·乔治描述成一位优秀的演说家，并称他是政治上
不可或缺的人才。看着他说话的样子，我想，他是在
为自己某天向官员们发表演说做练习吧！

　　他和爸爸谈论了政治——我觉得谈了好久——
以及大不列颠的强大和繁荣。我可怜的耳朵里充斥着
这些内容。我越来越疲倦，昏昏欲睡，幸亏外婆回来
了，点亮了整个夜晚的光。她的脸被冻得通红，但却

神采奕奕。

"我相信你们都认识我的岳母，维奥莱特·坎贝尔女士。"爸爸站了起来，正巧外婆过来了。

"请原谅我迟到了。"外婆张开双臂，眼神放光。她直接走到桌前，给了我和亨莉一个大大的拥抱，然后坐了下来，让琼斯给她一杯威士忌。"亲爱的琼斯，"她嘀咕着，"给老女孩来份大杯的。"

琼斯笑着走了出去。

她的行为通常会引起大家的兴趣——有时是惊恐——出于她作品中的内容或她的政见。

"女士，这么晚在路堤边跟一群恶棍待在一起，您不担心自己的安危吗？尤其对于一个无人陪伴的女士来说，那里真不是一个合适的地方。"爸爸生意上的伙伴和竞争者文森特·安德森先生问道。太尖锐了，我想。外婆抿了一口酒，靠近炉火暖手。天哪，她真漂亮。接着，她靠在桌上，用细长的手指优雅地抚摸着她的珍珠项链，笑着问道："那么，在您看来，在我们强大的国家里，什么地方适合女人待呢？"

"女人，女士？"他用一种困惑的语气问道。我想他总是习惯于跟绅士谈话，而外婆的直率令他惊慌。

"当我们跨入新世纪，难道你不觉得女人也需要一种全新的风貌吗？或者我们只有待在家里核对换洗清单的时候，你才会感到安全？"

老安德森愣住了。他泛红的脸颊带着怒气。"女人就该属于家庭，女士。她们要扮演的就是母亲和妻子的角色，而职场是男人的天下。我的好太太当然明白这些。"他回答道。此时他的胖太太脸红了，一边顺从地点点头，一边将一块大樱桃派塞进口中。

外婆笑了，什么都没再说。

年轻的温斯顿先生问："您觉得那是怎样一种新女性呢，坎贝尔女士？"

"为我们的权利奋斗的先锋，具有创造国家意识的活力与热情。"

"恐怕这需要狂热的理想主义者花很大的力气，坎贝尔女士，让所有女性重新审视自己在社会中的地位。"

"好吧，就拿我来说，我不会被达成这个目标所带来的困难吓倒，再过二十五分钟，新世纪就要来了，我希望每一位女性，不，每一位公民，都能质疑并抛弃我们现在生活的世界。这样的先锋是全新的，二十世纪需要这种像士兵一样令你鼓掌喝彩的新女性，丘吉尔先生。不过我们还有更多诉求。

"是什么呢，坎贝尔女士？"

"我们需要不惜一切代价，坚决撼动这个男性主导社会的守旧态度，在这个社会中，女性被看成是附属物。丘吉尔先生，女人被带到这个世界上来，不是为了给男人提供快乐和方便的。我们从来都不是这样的。不同之处在于，如今，各地女性的潜意识都觉醒了，不想再忍受这样的现实了。"

丘吉尔先生震惊的脸色变得苍白了，其他宾客中有几个人也是。在座的人中发出了零星的咳嗽声，以及移动椅子的声音。我担心她的话有点说过头了，但外婆一点都没被吓倒。显然，她对那些无休止的关于战乱、斗争和帝国主义的谈话已经失去了耐心，就跟我一样。

她露出了一个大大的微笑，眼睛发光，继续说道："而且，在未来十几年内，我们的新女性就会获得应有的地位，我希望到那一天，我们也能享有你们这些绅士所珍视的自由。"

"难以想象竟然有这样的女人。"文森特先生言简意赅。

"你当然想象不到，文森特先生，因为你根本不愿意去想。我们二十世纪的女性会给你带来很多麻烦。"外婆笑着说。听她不失优雅、酷劲和风度进行辩论，实在是太妙了。爸爸向琼斯要了香槟。还有二十分钟就要跨年了，我觉得他已经无心玩乐。过了一会儿，两个女仆托着托盘进来了，上面放着银水晶香槟酒杯。大家一片寂静。

"谢谢，亲爱的安娜和珍妮。丘吉尔先生，在这个新世纪中，我希望我的两个外孙女，还有刚才离开房间的小姐们，都能抬起头挺起胸，获得我们这个国家的选举投票权。一旦她们有了在政治上发声的权利，她们就能参与国家的统治……"

"外婆，你说得好像每个女人都想要选举投票权似的。不是每个人都会在意这项无聊的权利的！"亨莉埃塔不耐烦地打断了外婆。我们一直被教育说要尊重别人的想法，不要武断地下定论，但每次外婆谈到选举投票权和社会问题时，亨莉埃塔就忍受不了。

"让外婆说完，亨莉埃塔。"爸爸的语气中没有责怪。

"谢谢，托马斯。对我来说这是个难以接受的事实——我们是世界上已知的最强大的帝国，我们统治着世界上每片海洋上的岛屿，在遥远的地方设有岗哨，女王统治着各种肤色的四亿人，我们在海外设置殖民地，缔造世界范围的帝国——但我们对女性并不平等。"

"您说得太夸张了，坎贝尔女士。"罗伯特·布斯说，他是《每日电讯报》的作者，"在过去四十年中，我们已经承认教育程度较高的女性享有这一权利，而且也给予了一定的经济支持。女人还想要什么呢？"

"投票权。布斯先生。女人没有投票权，我们无法要求性别平等。这是一个微妙的问题，我不会在都是年轻女孩的公司里强调这一点，但是，你从中获得了什么启发吗，布斯先生？"

"呸！投票权是个梦。女人懂什么是政治和政府吗？"

在这场辩论升级之前，丘吉尔先生巧妙地介入了。"亨莉埃塔小姐，你对此怎么看呢？在这个即将到来的新世纪里，你对自己有什么期待吗？"

"丘吉尔先生，我的兴趣和希望很简单，也很适合一个成长中的女孩，或许我的外婆和妹妹不会苟同我的想法。我梦想拥有一桩体面的婚姻和许多孩子，不过，在有孩子之前，我希望能过时髦的生活，在乡村的大房子里度过周末，时不时地打打高尔夫球，或到海边漫步。"

"你有一个思路清楚的女儿，托马斯。"文森特先生一边说，一边抚着他的络腮胡。他的太太再次点头表示同意，不过她没有出声，因为她正在攻占另一块大馅饼。

对我来说，我为亨莉感到羞愧。我瞥到了丘吉尔先生的眼神，确定亨莉的表现令他哭笑不得。

"那我祝你梦想成真。"他回答道，"如果美貌是你力量的象征，你有权在任何想要的时候使用它。"

亨莉笑了，融化在他的祝福中。

"你呢，弗洛拉小姐？"

"我想参与制作电影。"我毫不犹豫地回答道。丘吉尔先生看起来最惊讶。"是吗？这真是一个不同寻常的答案。尽管我还没看过电影，但我知道如今它们在巴黎十分风靡。"

"哦，先生，你一定得看看，它们会成为新世纪的娱乐活动。"这话让桌边的每个人都笑了起来。我不知道为什么。

"别听我的小弗洛拉瞎说，她还小，还是个梦想家。"爸爸说。接着，午夜的钟声敲响。爸爸让琼斯熄灭油灯，在烛光中向大家祝酒。爸爸穿着浆洗过的白衬衫，打着领结，罩着黑色外套和燕尾服，站在我们餐桌头顶昏暗的光亮中，真是一个令人印象深刻的人物。他身后的影子显得高大又威风。我突然感到胃里一阵难受，觉得令爸爸失望的那一天终会到来。

"祝福我的两个女儿，"爸爸说，"希望新世纪为她们带来丰厚的财富、完美的丈夫和听话的孩子，她们值得获得这些。祝这里的所有人健康、成功。最后祝福我们的维多利亚女王和大英帝国。"

每个人都举杯。"为女王干杯。"大家喊着。我低下了头。在新世纪里，我打算颠覆自己原本的生活。"请让我成功。"我喃喃地对自己说。

窗外，在卡多根广场，一群邻居在自家的花园里燃放起了烟火。火光飞过窗外，在屋子里每个人的脸上都映照出了玫瑰色的光芒。整个伦敦的上空都是绽开的烟花，而人们都在欢欣呐喊。我马上闭上眼睛，"弗洛拉·邦宁顿，"我对自己说，"愿你成为一个出色的二十世纪女性。"当我睁开眼睛时，房间里的每个人都离开了位置，互相握手并互道祝福。

"来，弗洛拉，让我们向这座房子的心脏送上美好的祝愿。"外婆边说边拉着我走向了厨房，库克、琼斯、安娜、珍妮正举着盛满雪莉酒的杯子祝福彼此。库克的脸像烤过的甜菜根一样红，当然这其中也有雪莉酒的作用。外婆走上前拥抱了每个人。

"谢谢你们为我们创造了一个非常美妙的夜晚，"她说，"祝愿你们每一位宁静、祥和，充满尊严又蒸蒸日上。"

我觉得他们之间的气氛变轻松了，因为他们向她开起了玩笑，说她是个古怪的女主人。然后我们离开了他们的派对，回到了我们的宾客中间。

晚些时候，当珍妮帮亨莉埃塔拔去头发上的别针时，亨莉叹了口气，用一种带着相思腔调的口吻问我："你觉得你会爱上那个年轻的作家吗，弗洛拉？"

"丘吉尔先生！他年纪太大了，至少有二十六岁了。他确实智力超群，但也太过滔滔不绝了。而且，除了让女人变得迷人又无知以外，他对女人还有多少了解呢？这些男人到底居心何在呢？"

"为什么你总是像外婆那样说话呢？"亨莉怒气冲冲地穿着紧身胸衣和裙子就冲出了更衣室，留下我和可怜又困惑的珍妮。珍妮满手都是别针，她的工作才完成了一半。

1900年1月2日

我跟一个迷人的小伙子在跨年夜聊了天，昨天的日记里来不及提他了。他叫莱昂纳多或者别的什么，身材修长，长着棕色的头发，脸上有雀斑。我记得他说他在剑桥大学读古典文学，不过我也不是完全肯定，毕竟跟我说话的宾客太多了。起初我并没有太过留意他，直到我谈到了电影的话题，他也宣称对此很感兴趣。当我问他是否看过卢米埃尔兄弟的电影时，他回答说看过，而且还在巴黎看过好几部其他的电影。他还告诉我，那些画面是路易斯·卢米埃尔亲自拍摄的。

"这部片子的名字叫做《火车进站》，路易斯·卢米埃尔是它的幕后制作人。看上去特别真实，你觉得呢？"

"当然！我当时感到非常害怕，都大声尖叫了。"

"卢米埃尔用了一种特别的新型照相机，这种照相机是卢米埃尔工厂制造的。"

"我从伦纳德那儿得知，他们在巴黎嘉布遣大道的外婆德咖啡馆第一次为付费的观众进行了放映，获得了巨大的成功。如今这个片子不仅在伦敦放映，其他欧洲国家首都的民众也能看到，就连远在异国他乡的墨西哥城和埃及的亚历山大港都有放映。

"弗洛拉，你肯定听说过托马斯·爱迪生这个人吧？"

"你是说发明了灯泡的美国人吗？"

"就是他。他还发明了你爸爸今晚给我们播放乐曲的留声机。他正在推销他发明的活动电影放映机，就像我们平常看的西洋镜。他对这种新型照相机非常感兴趣，想把它带到美国去。其实，这个新设备跟他的活动电影放映机很像，只不过是它的进阶版，"就跟我所表现的一样，伦纳德充满热情和兴趣地向我解释道，"爱迪生的实验室在美国的新泽西，他为这个新领域又建立了一个小的工作室，名叫'黑玛丽'。他在那里制作会动的影片，每个长达二十秒。哦，我相信这项事业充满无限广阔的可能。"

"我也这么觉得。"我叫道。

"它已经高度娱乐化了。放映活动在日本大阪、澳大利亚墨尔本、委内瑞拉的马拉开波都展开了。我想象不出更好的看世界的方式了。"

"我的想法跟你一模一样！"

就在那时，爸爸从交谈的宾客中走近了我们。

"我们的小弗洛拉又继续对你说了那些令她疯狂

的电影了吧？她对此非常痴迷。我觉得只要不影响她的学业并且别让她太当真，这对她也没什么坏处。对年轻的女士来说，在保持体面的基础上，最重要的是能让自己快乐。"

爸爸的这番话终止了我和伦纳德的谈话，因为在爸爸离开后，伦纳德看上去有点尴尬，转而去跟别人说话了。没过多久，就到了各自回家的时间。

我多想自己拥有一台这样的照相机啊！不过我没法说服爸爸买下它作为我的生日礼物，它们一定相当昂贵，而爸爸只是把它看作一种娱乐。不过，也许这个世界上只有一台这样的照相机，所以卢米埃尔才会将它视若珍宝，如果是我也会这样。哦！一台会拍电影的照相机！

1900年1月4日

今天下午我设法抓住了外婆，她正在客厅里，我就坐到了她的身边。我一直在想跨年夜的那场辩论，希望她能对我讲讲她的经历。"我非常高兴。"她握着我的手，吩咐人准备茶和烤饼。

外婆是妇女投票权运动的追随者，其实，她是伦敦妇女投票权协会的创始人之一，这个协会成立于1867年。

"外婆，我希望成为一位二十世纪的女性，"我严肃地宣布，"我不想像文森特·安德森先生的太太那样过一生。我希望我的人生能获得又特别又出色的成就。"

外婆将手上的书放在沙发扶手上，专心看着我。"我相信你一定会的，弗洛拉，"她温柔地笑了，"你是个勇敢的女孩，浑身充满勇气，你让我回想起许多事……"

安娜上了茶。外婆温和地谢过了她，并问她库克能否给我们做一些美味的小饼干。

我带着好奇热切地期待着。安娜离开后，我来不及给外婆喝茶的时间便问："您想起了什么，外婆？"

"亲爱的孩子，我想起了你的妈妈，米莉森特。"

"她勇敢吗？"

外婆点点头。"又勇敢又漂亮。但还是让我们来谈谈你。你想让我对你说点什么？"

"首先，请告诉我，投票权到底是什么意思？"

"这个词汇的准确定义是投票支持某个人。而在我这儿，妇女投票权意味着女性可以投票支持女性。一个支持妇女参政的女性，是为女性投票权而奋斗的。有些人的要求更高——她们希望跟男性享有同样的权利，我们把他称之为平等权利。"

"它是怎么开始的呢？"我问外婆。

"我几乎没法确定它开始的确切日期。我想，这场运动是从谢菲尔德开始的。1851 年，谢菲尔德妇女政治协会成立。五十年代末，我在伦敦参加了一个活跃的妇女组织，她们管自己叫'兰厄姆妇女团体'，但妇女投票权运动真正开始是从六十年代。"

"为什么？为什么在那个时候开始？"

"男性主导的社会中，女性所扮演的角色依然令她们不满。就像现在一样，女人由男人统治。男性具有特权，而女性的地位要低一些，是两性中的弱者。这绝对是一派胡言。"

"外婆，您恨男人吗？"

　　我的问题把外婆搞得哈哈大笑，然后她止住笑，摸了摸我的头，把她的烤饼涂上黄油。"当然不恨，我亲爱的孩子！有很多男人都是我非常尊敬和崇拜的，但老实说，也有很多女人理应得到尊敬和崇拜。不幸的是，由于男性所制定的法律没有赋予女性相关的权利，她们没有机会实现自己的人生理想，发挥出她们自身的潜力。"

　　有好一会儿，我都在仔细思索外婆刚才所讲的话。我把烤饼涂上果酱，想要得出个所以然。

　　"那您是怎么加入伦敦妇女投票权协会的呢？"

　　"我亲爱的弗洛拉，1867年，我们都在等待议会的一项修订法案——《改革法案》。如果这项修正案被接受，那么妇女也会平等享有投票权。但这项修正案只允许男性参与投票。我得说，这项修正案被通过了，却没有发生我们原本热切期望的改变。男性的选举范围更广了，但一个单独的女性个体仍然无法享受这项权利。天哪，我们被当时的首相本杰明·迪斯雷利和整个政府激怒了。情况超出了我们的掌控范围，我们感到又沮丧又难过。所以，我们决定出去工作，将整个伦敦的女性意识都激发出来，将所有的力量汇聚在我们自己手中。"

"这就是投票权运动的开始吗？"

"不算是确切的开始，但对我们来说是一个转折点。十九世纪六十年代，情况就开始发生变化。有一些了不起的女性同伴跟我们并肩奋斗——弗洛伦斯·南丁格尔、约瑟芬·巴特勒、艾米丽·戴维斯，这只是极小一部分。我那时住在伦敦。就像我说的，我们十分沮丧，感觉被《改革法案》带来的一切背叛了，更确切地说，是被《改革法案》没有带来的一切背叛了。因此，我们中的一部分人成立了伦敦妇女选举协会。我建议我们从分发宣传册开始，力所能及地将小册子发到所有地方。你看，问题一半在于有那么多的女性从未曾质疑过自己男性附属品的身份。亲爱的，她们都沉睡着！看看你姐姐说的是什么话——有些女性不需要这项'无聊的权利'！如果她能明白这不仅仅是妇女投票权那么简单就好了！因为你们这些年轻人现在习以为常的权利，都是当我还是个女孩的时候大家努力斗争得来的。弗洛拉，那也没你想象得那么久远。"

"什么样的权利?"

"财产权、接受高等教育权、从事医疗行业权,还有对自己子女的单独监护权。"

"什么叫'对自己子女的单独监护权'?"我问外婆。

"在十四年前,也就是你一岁那年之前,假如一位男性过世后留下了子女,法律是不允许他的妻子抚养他们的。仔细想一想。只有依照法律指定一位男性做孩子的监护人,这位母亲才能继续抚养孩子。"

"为什么?"

"他们认为女性没有足够的聪明才智为孩子的成长和教育做出正确的决定。"

安娜端着一盘饼干走了进来,而我困惑着为什么人们认为女性不够聪明。安娜离开后,我对外婆说:"拒绝给女性提供受高等教育的机会,并且告诉她们因为她们不够聪明所以不能照顾子女,这听起来有点不公平。"

"我的孩子,你是一个未来的女权运动者!"外婆叫道,"你说得太对了!你看,这就是恶性循环。"

我已经吃完了抹着果酱的烤饼，继续吃库克做的姜饼。她亲手制作的饼干非常好吃，既耐嚼又不易碎，正是我喜欢的那一种。

"弗洛拉，假如你从这个角度看世界，就会发现，被不公平地对待的不仅仅是女性。"

"这是什么意思呢？"

"许多贫穷的人，以及被我们的帝国统治的殖民地百姓，都没有受到公平地对待。"

"我不明白。"

就在这时，爸爸走了进来。他把手杖和礼帽交给琼斯，看上去十分疲倦，就像他通常下班回来时那样。

"晚上好，维奥莱特。"他庄重地低声说。

我觉得我应该离开，让他们俩谈话，但这也不是我的本意。我想留下跟爸爸一起说说话，打发打发时间。不过，我还是把杯子放回了桌上，准备起身。

"嗨，弗洛拉，你要走了吗？"爸爸亲亲我的额头，但我觉得他有点心不在焉，似乎在让我离开。于是我顺从地站了起来。怀着一种被打发走的沮丧，我回头瞥了一眼爸爸和外婆。他们似乎没有太过在意我的离开。"我们下次能把今天的话说完吗?"我轻轻地问外婆。

她笑着点点头。"绝对没问题。"

我独自回到房间,试图弄清外婆说的殖民地百姓是什么意思,但最终还是失败了。我躺在床上,凝视着梳妆台上妈妈的照片。外婆认为我跟妈妈一样勇敢,这令我感到自豪又快乐。我那时候就想,如果妈妈还活着,我一定让她为我骄傲。

1900年1月10日

我的生活又被功课给填满了。圣诞节已经是很久前的事了。外婆像只鸟似的到处飞来飞去。亨莉和爸爸去格洛斯特郡过周末了,但我一点都不想去。他们带着巴西特。尽管我无法忍受它叼着死去的狐狸或兔子,但它是只猎犬,时不时地奔跑狩猎才是它该做的事。

我希望能跟外婆一起坐在桌边讨论我们感兴趣的

话题，度过非常有趣的时光，但她一直穿梭于城中的各种会议。作为皇家地理学会少数的女性会员之一，这周她去开了两次会。所以我都没怎么见到她。我一个人在房子里，只能阅读，感到有点孤独。

1900年1月20日

今天下午，贝克小姐和我一起先去了皇家艺术院，再到福特纳姆和玛森百货公司吃了冰淇淋。这是我最喜欢的教学形式！

1900年1月25日

今天是亨莉的生日，她满十八岁了。天哪，十八岁，感觉已经长大了！她收到了一束来自仰慕者的红玫瑰，非常激动。我开玩笑地问她是否有男朋友了，这个问题让她红着脸笑了起来。不过，她对这束花的来源守口如瓶。

爸爸带着我们去公主剧院观看不久前才上映的

新戏作为礼物。这出戏的名字叫《心不在焉的乞丐》，讲述了一个非洲布尔人爱上一个英国士兵的妻子的故事。在英国士兵保卫这位女性并进行战斗的过程中，有很多枪战和打斗的场面。最后全场观众都起立鼓掌。演出十分成功。但对我来说，枪战场面太多了，而且缺乏新意。

在剧院外等待马车的时候，所有人都在大声愉快地交谈着。颇具王室风范的伦敦德里伯爵和他的夫人，穿着缎子衣服，身披毛皮，也在观众当中。爸爸向他们介绍了我们。

"哦，亨莉埃塔·邦宁顿小姐！你今年就会正式进入社交界了，我没说错吧？"

亨莉埃塔只是点点头。我觉得她有点被这位高高在上的傲慢夫人吓倒了。是的，今年她就正式进入社交界了。这意味着，就像我们这个阶级的其他女孩一样，她会参加社交舞会，面见维多利亚女王。

"那我们一定会邀请你来参加我们的舞会。托马斯，你过去参加过一两次我们的晚会，知道那里都有些什么人，那会是个不错的活动，就在我们公园大道的家。晚安。"

说完，他们就坐进了我所见过的最大的马车。然后，爸爸带亨莉和我去克拉里奇餐厅吃晚饭，那儿正巧也有几个看上去十分古板的政客在用餐。我不知道他们是谁。对我来说，他们就是一桌穿着深色礼服吃饭的老人。爸爸走过去跟他们握了手，说了一会儿话，但并没有介绍我们。

晚上，当我们更衣上床时，亨莉说今天是完美的一天。我正要关上门时，珍妮抱着装满红玫瑰的花瓶匆匆而过。她要将花瓶送去亨莉的房间，这个花瓶无疑属于亨莉的梳妆台。亨莉真傻，不告诉我这些花是谁送的。

1900年1月30日

我想我发现送花人的身份了。他是尊贵的阿奇博尔德·马什子爵，是个阴沉的家伙，像条潮湿的鱼。他那如同粘上去的小胡子，活像一把打开的剪刀。几周前，亨莉在外婆格洛斯特郡的乡间别墅遇见了他。

自从亨莉生日以来，他似乎都会出现在每一个我们造访的地方，这真令人讨厌！他就像一条捕猎的猎犬。不过其实这样说对猎犬可不好，我真的挺喜欢它们的！

我们三个从公园骑马回来的路上——猜猜发生了什么？我们又遇到他了！更确切地说是他撞上了我们。"嘿，驾，驾，真高兴在这里遇见你！""她被他搞昏头了，亲爱的。"回来后外婆对我耳语道。真可怜！

亨莉一定非常喜欢他，因为她在他面前表现得如此愚蠢——像个腼腆的少女——为他每一个笑话而傻笑。这真是令人尴尬，因为说实在的，他的笑话既不幽默又没创意。每当我说他丑陋，以及被这样一个长着坚硬胡子的人亲是一件多么可怕的事时，亨莉就会像一只愤怒的没头苍蝇一样对我发脾气。

"他的胡子不会扎破你的鼻孔，把你搞得鼻血直流吗？"我问亨莉。亨莉朝我扔了一本书过来并让我滚出她的房间。看来，爱情已经让她丧失了幽默感。天哪，我希望她不会真的爱上那个愚蠢的家伙。

1900年2月10日

爸爸一直在等待一箱价值连城的货物——象牙，我想它本该到达了码头，但却因为海上的风浪而延误了。今早他接到电报，另一箱货物也延误了，最早也要月底才能到达伦敦。他看上去为此心烦意乱。我虽然不知道原因，但也不想打扰他，所以什么都没问。

1900年2月11日

昨天，亨莉因为我叫了她的小名而呵斥了我两次。

"为什么你要那样做呢？"她吼道。

"怎么做？"我问。

"在阿奇面前叫我'亨莉'，他会怎么想我？"

我非常惊讶，因为她以前从来没有反对过我这样叫她。可是现在，她像个士兵一样笔直地站在那里，肩膀微微后倾，眼睛瞪得像只猫头鹰，用一种趾高气扬的腔调声明："这样一个男孩子气的名字，不属于一位年轻的小姐，弗洛拉。我是亨莉埃塔·邦宁顿小姐。你必须这样叫我，尤其是在大家面前。"一开始，我被她的怒火搞得很受伤，但是接着，我不得不努力忍住笑。我相信她态度的改变，以及装腔作势的做作姿态，都是因为那个讨厌的家伙——阿奇博尔德·马什。这些话真是太愚蠢了。毕竟，她才十八岁，要到春天才会进入社交界。我希望自己到她这个年纪不会那么愚蠢。

外婆说我不该这么想。"被一两个年轻男子改变心智对亨莉埃塔来说是很正常的，我亲爱的弗洛拉。不过，最重要的是要记住，我们来到这个世界上不是为了让男人取乐的，不能像发条钟那样只有在男人盯着的时候才有生机。"外婆用了"我们"这个词，当然，我们是女性。

1900年2月13日

亨莉埃塔的话题——我不敢叫她亨莉——充斥着衣服和下周去巴黎添置衣物的旅行，还有舞会。她进入社交界的舞会已经被提上日程，爸爸决定让她以最好的形象出现在社交界中。他也许希望新公司可以转移亨莉埃塔对阿奇博尔德·马什的注意力。我也这么希望。

她告诉我她打算带着几箱能使她成为"上流社会时尚缩影"的衣服从巴黎回来。在她过度兴奋的大脑中，所有年轻女孩都能坐船去巴黎购物！

不过，我必须承认，没法跟她一起去巴黎，令我很嫉妒她。当她在沃思商店试衣服的时候，我就可以去寻找拍电影的地方。哇，想想那该有多好啊！

1900年2月15日

我讨厌这种女伴的角色！出于社交礼仪，不允许亨莉埃塔单独跟阿奇博尔德出去，可为什么每次必须要我陪着一起去呢？我不得不度过一个最不愉快的下午。阿奇博尔德带我们和她粗俗的妹妹莉迪亚一起去了著名的伯爵法院展览场。那个地方特别大，至少有二十英亩。阿奇博尔德还在那个叫博尔兰德的射击场小试身手。用一把枪来"狙击敌人"，他就是这么做的。

他的大部分子弹都没有射中目标，我由衷地感到高兴。

在这块地的另一边，有一座很大的剧院，叫皇后剧院。我们在那里观看了几百个非洲殖民地来的奴隶上演的戏剧。他们中有王子、武士首领——现实生活中他们都是作为俘虏被带到英国坐牢的。这场表演显示了大英帝国的胜利对非洲产生的巨大影响。这些奴隶中还有小部分女人。

"整场表演我都很喜欢，"阿奇博尔德在散场时说，"伦敦人在英国统治这些无知的黑皮肤奴隶中起到了很重要的作用，看起来戏剧是一种很好的表现方式。它直白地告诉人们谁才是主人，这样挺好的。"

没等他说完，亨莉埃塔就脱口而出："我也这么觉得！"

"这些奴隶真丑，"莉迪亚说，"我都不敢看他们。他们应该被送回丛林。"

我没法说出任何话，因为我觉得这场戏的设计者实在让人恶心。毕竟，这些奴隶也是人。我对这些部落的男女感到抱歉，也不太明白为什么我们必须通过羞辱他们的方式来展现自己的实力。如果我有办法，才不会允许这种残酷可怕的表演上演。

我知道我脾气很坏，但这都是有原因的。我无法忍受在姐姐身上发生的事。她迷恋阿奇博尔德。当然，这是她的事。可为什么她为此要否定她自己的个性呢？无论他说什么，她马上表示赞同，好像她完全没有自己的观点似的。坦白地说，就算他常常说的都是废话，她也点头附和。他是如此讨厌又专横！

今晚，她来到我房间，坐到我床边，对我说她已经爱上了他，希望他能向她求婚。我目瞪口呆，简直无法相信我要成为阿奇博尔德·马什的小姨子！这真是一桩糟糕的生意！我会被拖去参加一些社交聚会，不管我多么不愿意，都必须微笑着出席，跟讨厌的莉迪亚做朋友，扮演一个顺从的年轻小姐的角色。我想我宁愿逃跑。我应该逃去巴黎，希望我能。

1900年2月17日

假如你从这个角度看世界，就会发现，被不公平地对待的不仅仅是女性。许多贫穷的人，以及被我们的帝国统治的殖民地百姓，都没有受到公平的对待。

这是外婆说的话，我将它们记在了一月的日记里。我们至今还没机会仔细探讨，但现在我仔细思索过，并对跟阿奇博尔德、莉迪亚和亨莉一起在剧院里看的表演非常好奇。那场表演讲的就是外婆所说的事吗？我得问问她。

虽然我吃了很多东西，但有点浮肿，我感到疲劳，连后背也疼了。真奇怪。但愿我没有生病。

1900年2月18日

今早我醒来，感觉大腿间黏黏的，发现自己在流血。一开始我很惊慌，后来回想起很多年前亨莉也有过这样的经历，我问她的时候她生气地哭了。我想把这件事告诉外婆。她正准备出门，我赶上了她。

"你看起来有很重要的事要告诉我。"她笑着对我说，琼斯正在帮她穿外套。"谢谢你，琼斯。"

"我今天不用上课，不知道能否跟您待在一起？"

"你和亨莉今天不是要跟阿奇博尔德和莉迪亚一起去摄政公园的动物园吗?"

我耸耸肩。"我一点都不想去。"

"是的,花一先令看笼子里的动物表演,我也不喜欢。"

我盯着外婆。我从来没想过动物的处境,不管它们是不是被关在笼子里。我只是一直在想着跟阿奇博尔德和莉迪亚在一起会有多可怕多心焦。"您要去哪儿?"我问道,希望她能带我一起去。外婆拉着我的手,从过道走进客厅。一进客厅她就关上了门柔声问:"什么事?"

泪水涌上了我的双眼,这让我自己和外婆都感到惊讶。我觉得喉头哽住了,一句话都说不出来,最终只是摇摇头,喃喃地说:"没事。"

"一定有什么事。"外婆把我拉到她怀里,紧紧搂住我。这让我哭得更厉害了。

"我不知道,没法解释,我只是……"

"感到失落、迷茫,不知所措之类的?"

我点点头。"我并不属于这里。"我流着泪说。

"你当然属于这里，但我能理解你沉重的心情。"

我终于勇敢起来。"我感觉不太好，"我低声说，为发生在我身上的事情感到羞愧，"有什么地方出了问题。我怕亨莉在这个家庭里经历的一切又会在我身上重演一遍。"

"天哪，孩子，发生了什么事？"外婆喊道。

当我最终说出一切的时候，外婆抚摸着我的头对我说："这没什么可害怕的，相反，你应该感到骄傲。现在你是一个成熟的年轻女性了。"她请琼斯取消她的马车，让安娜拿些热巧克力和一盘库克做的软糖来。然后她脱下外套，随意地把它扔在爸爸价值不菲的法式扶手椅里。"现在是时候跟你尽情地聊一聊了。"

1900年2月20日

今天早上亨莉埃塔和外婆去巴黎了，而我整天都郁郁寡欢。不过我的胃不疼了，真令人欣慰。虽然还在流血，但我现在已经不介意了。我能够孕育一个婴儿这件事对我来说实在难以置信。昨天晚上我试图告诉亨莉这件事，告诉她我已经是一个长大的女孩了，可她一直沉浸在关于阿奇博尔德、动物园和巴黎的话题中，所以我决定以后再告诉她。我可不再是她那个小妹妹了。

贝克小姐带来的一个令人兴奋的消息鼓舞了我。她听说在巴黎有一位女性为电影公司工作，她的名字叫爱丽丝·盖伊。她是高蒙先生的秘书，也是世界上唯一一位拍电影的女性。我多希望我能像她一样啊！不能跟大家一起去巴黎真令人沮丧，况且现在我已经长大了！

1900年2月22日

天气：寒冷、潮湿、大雾浓重。

这一整天因为一位杰出女性的造访而发光。她是来看望外婆的，还留下吃了晚饭。她名叫玛丽·金斯利，是小说家查理·金斯利的侄女，也是一位小说家，还是外婆的朋友。她住在伦敦，但马上要去南非的西蒙斯敦护理布尔的俘虏们。我心想，她真是一个勇敢又有精神的人。当我看着她穿着一身黑色的衣服在桌前走动时，忍不住反复想着妈妈在她这个年纪可能会是什么样子。她们彼此认识吗？她们是朋友吗？我确定妈妈就是如此聪明又有生命力，这是我脑中她确切的样子。金斯利小姐最近出了一本令她声名大噪的书，书名叫《西非之旅》，她答应会寄给我一本签名本，只留给我私人保存。我告诉她我想从事拍电影的工作。

"拍电影？"她惊讶地重复了一遍。

"是的，"我向她保证这个念头不是空想，"在巴黎有个叫爱丽丝·盖伊的女人，她就在做这项工作，她是我的动力，我会努力沿着她的脚步前进。"

"爱丽丝·盖伊，这个名字我不熟悉，我得了解了解她。"

"也许某天您会允许我到非洲来找您，金斯利小姐，我们会一起在那里拍电影，然后记下发生的一切，"我向她提议道，"我知道电影工业最初的创始人是一个名叫艾迪安·朱尔·马雷的法国科学家，他想要拍下一些用于科学研究的照片。当他把这些照片一张张快速地播放时，很容易就搞懂了动物不同的运动形态。电影这个词来自法语，意为'运动的几何学'。卢米埃尔兄弟就是从他的研究中得到了启发。"

"哎呀，你真的对此非常感兴趣！"

"弗洛拉，过来……"爸爸说。我虽然听到了他的警告，却没有离开我的话题。

"是的，金斯利小姐，我真的相信我们可以在部落丛林里拍电影，这样，没有机会去非洲的人们也能看到非洲的景象了。"

"多么简单却迷人的想法啊！"她叫道，"用电影记下非洲部落的风土人情。邦宁顿先生，您有一个非常聪明的女儿！"

"谢谢，"爸爸说，"恐怕你说的是对的。"

"哦，别害怕，先生。一个拥有智慧与敏感的女人是值得被鼓励和赞扬的，不用害怕。看起来弗洛拉在这两方面都很有天赋。"

我一时语塞，却十分自豪，只想大叫欢呼。要是外婆和妈妈在这里就好了。

"亲爱的，"爸爸说，"我的岳母坎贝尔女士总是在我周围描绘'二十世纪女性',恐怕我是真的感到害怕。我害怕有一天你们会把我毁了。"爸爸非常礼貌——事实上,对金斯利小姐来说,他非常迷人——但我有点担心自己说得太多了。金斯利小姐离开的时候,再次表示没有见到外婆非常遗憾,但答应我们当她从非洲回来以后,还会过来吃饭。

爸爸今晚没有特别冷淡,但金斯利小姐走后,他告诉我,一位年轻的女士说那么多话是不吸引人的。"弗洛拉,吸引整桌客人的注意不礼貌。如果你想在社交界表现良好,那你就要找准自己的位置。"

我被他的话伤到了,但考虑了一下,我确定他是对的。我确实有点得意忘形了。不过,爸爸的惩罚还是让我感到受伤。我以为金斯利小姐真的对我说的话感兴趣呢。

1900年2月23日

还有一线希望!昨天晚上,爸爸收到电报,他等待已久的船将会在后天到达码头。今天吃晚饭时,我央求爸爸带我去码头，而爸爸早就决定那么做了。我想他知道我非常喜欢去热闹、忙碌，混杂着各种语言和面孔的码头。唯一的遗憾是我没法拍照片，然后把它们像电影一样播放出来。我会像金斯利小姐说的那样，记下伦敦码头的生活百态，它是我们与世界的连接。

包括爸爸在内，只有四家公司，拥有整个东区码头。爸爸和另两家公司占据泰晤士河的北边，他们的地盘从塔山开始，直到蒂尔伯里。这片区域被称为码头，完全坐落在泰晤士河的河岸上。泰晤士河南岸还有一个重要的码头，叫萨里商业码头，但爸爸的公司在那边没有股份，也没有任何土地和库房。爸爸的一切都在北岸。

我喜欢去停泊着各种船只的码头，看那些货物从爸爸的船上被卸下来。爸爸在莱姆豪斯区的码头后面有三四层的仓库，用来存放他昂贵的货物。如果你从没去过仓库，你一定会惊呆的。它们都是些建造在河床上的巨大洞穴，就像阿拉丁的洞穴一样，当你走进去之后，立马就会被成千上万各种各样从没见过的外国货吸引。在伦敦还没有什么别的地方能闻到如此新奇的混合香味。当你环顾四周，会发现自己被各种能想到的稀世珍宝所包围，比如印度茶、澳洲金币、南非金矿中挖出的金条、英国在加勒比海殖民地种植园里出产的糖、一包一包的棉花、牙买加朗姆酒、香料、胡椒、木材，还有许多许多好玩的东西，都在等待被出售或收藏。当你站在某个仓库里，闭上眼睛闻着这些气味，或者睁开眼睛看着这些形状奇怪的水果，比如长得既不像松树也不像苹果的菠萝，就会感觉自己也将被送到某个从没去过的地方似的。

再回到码头上，爸爸的船被卸空后，会有人将它打扫干净，然后等待下一次起航。码头工人会再次装船，他们在这方面的工作特别熟练。爸爸的许多船都装着银币银条开往我们的殖民地香港和孟买。这些都是贵重的货物。在恶劣的天气下进行海上航行，货船有翻船的危险，因此，码头的装卸工人也肩负着巨大的责任。爸爸将各种英国货物运出国，也进口外国货。它们注定辗转多个遥远的港口——印度的或中国的。爸爸的主要业务是进口，但做出口生意主要出于两个原因：第一，空船在海上航行——同样要花钱，双向运输更划算；第二，伦敦的进口业不像十五年前那么健康了。爸爸说，主要的贸易者都意识到他们的利润没有十年前那么可观了。

尽管邦宁顿公司跟其他几家主要的进口公司之间存在竞争，但爸爸的主要对手已经变成一些小码头商人。同样，利物浦和布里斯托尔的码头也发展迅速。这些码头越来越现代化，这意味着如今它们也能停泊汽船和海运轮船，即使这些船庞大又笨重。所以，除了足够宽敞的伦敦码头外，利物浦和布里斯托尔也能承担贸易船只的装卸。这些发生在首都之外的变化对爸爸来说是不幸的，因为这意味着伦敦正在失去其在进口贸易中的一些份额。

不过，我觉得他不会真的为此担心。他有自己的船队，有几十英亩的黄砖仓库和土地。不管发生什么，他的事业永远兴旺。

1900年2月25日

爸爸和我吃完早饭就直接出发了，今天的早饭是我最喜欢的：鲱鱼炒蛋和涂着自制果酱的热黄油吐司。库克说我们需要一份能量十足的早餐来抵御寒冷。"海边的风会非常大，如果不吃饱，这些风会要了你的命。"我求爸爸让我带着巴西特一起去，但爸爸没有同意，因为他觉得狗会在码头上制造混乱。也许这是对的。于是，我亲爱的猎犬就待在我的房间里，看上去有点忧郁。它看着我们出门，感到难受，就像我当时看着大家快活地出发去巴黎而自己却无法同去一样。

爸爸和我一起开车去码头，我们在车里像朋友一样无忧无虑地大笑。我非常开心，之前那个他批评我的夜晚似乎也被原谅了。这是一个晴朗的早晨，风也不大。我们沿着斯特兰德路往前开，开过欢乐剧院。当我们接近奥德乌奇时，爸爸减速了，将即将兴建的南北大道指给我看。如果市长和伦敦议会同意设计方案的话，这条路将会连起滑铁卢和国王十字路。爸爸说这件事还有很多悬而未决的因素。

我们开过爸爸的办公室，开过市长的府邸，一直往塔山的码头开。

当我们到达码头时，那里已经聚集了几十个工人，他们中许多人光着膀子，露出深色的皮肤，正在从其他竞争对手的进口货船上卸下货物。从爪哇来的咖啡和糖；从非洲来的象牙——根据箱子大小判断；写着"大吉岭"字样的、装有印度茶的木箱子；密封的来自南非的金子；来自锡兰和斐济的香料。

有一艘船，一定是来自非洲的，上面装载的都是些活生生的野生动物。它们的咆哮声和尖叫声传了出来。（幸亏没把巴西特带过来！）我痛心地发现就连大象这样巨大的丛林野兽也被无助地从船上拉下了码头，而大家都站在周围直瞪瞪地注视着，发出"噢噢、啊啊"的惊叹声，真是比马戏表演还糟糕。还有关着狮子的笼子，以前我只在书上看过狮子的图片，亲眼见到真实的狮子令我兴奋，但它的力量和尊严都被绑起来的场面还是挺可怕的。这让我想起吉卜林的一首诗，我第一次读到时十分感动："那包裹着各种痛苦的东西，我们称之为船。"也许他的诗能打动我只是因为我的爸爸拥有许多船。谢天谢地，我从没听说爸爸进出口动物。

"看那儿，弗洛拉，那是我们的船。"爸爸已经离开了我身边，正在码头远处一边叫我一边朝我挥手。我跑到爸爸那儿，不远处就是浑浊的泰晤士河，隐约可见维多利亚号轮船。

看一艘大船靠岸真是令人印象深刻。这总让我感觉自己很渺小——像漫游仙境的爱丽丝——对世界的秘密一无所知。我心里老是在想着这些在海上穿梭的船，以及它们运送的旅客。我非常希望自己也能成为乘客和水手中的一员，站在上层甲板上，靠着铁栏杆，看着陆地逐渐靠近。这样做着梦，我突然又想到了电影。要是我带着照相机就好了，那样就能记下这次到访了！

在船的这一边，小拖船像只被打扰的昆虫一样转了弯，为轮船的安全靠岸领航。然后，像被施了魔法一般，码头门打开了，庞大的轮船驶了进来，安全靠了岸。干得漂亮！经过了几个月的海上航行，经过了那些风暴、充满礁石的路和危险的海角，所有对货物能否安全抵达目的地的担心顿时都减轻了，锚被放了下来，沉入泰晤士河厚厚的淤泥层，轮船不知不觉停下了。任务完成了！太好了！我快要喊出来了，可其他人看起来都习以为常，所以我什么话都没说。

也许，我应该做一名船长。可是，这个职业只限于男性。为什么女性不行呢？我问自己。

水手当然都快速地上岸了。在那么多个月的海上航行后，他们总是迫不及待地踏上陆地，尽快回家跟妻儿团聚。但轮船就要再过几分钟才能解放，因为它一靠岸，等不及的码头工人就会爬上去，开始将那些珍贵的货物卸下来。

不一会儿，码头上就堆满了等待分类和清点的货物，之后它们要被装车送到仓库里，那里会有商人做货品目录并将它们储存。

我从来没仔细想过爸爸这个大公司里的劳工们。他们从哪儿来？我发现他们中有很多黑人，也有一些其他殖民地来的人，他们很多都不是基督徒，因为我听说他们在码头上进行一些奇怪的宗教仪式。我很希望自己能跟他们聊聊天，问问他们是怎么来的英国，又是从世界的哪个角落启程的。可是，一个像我这种阶级背景的淑女是不能跟他们说话的，不然一定会惹怒爸爸。

我真诚地希望他们的工作环境不像吉卜林诗歌中描述的那样,"包裹着各种苦难"。

当我一边沉思一边跟着爸爸从码头往停车处走的时候,我的注意力被不远处传来的痛哭声所吸引了。

"那是什么声音?"我叫住了正往大门处走的爸爸。我停下脚步,回头看见一个警察正和一个邋遢的码头工人扭打在一起。另外两个警察跑过来帮那个警察从背后袭击了码头工人。我跑去抓住爸爸的袖子。"发生什么事了?"我问。爸爸瞥了背后一眼。

"弗洛拉,码头上的生活就是这样,你没必要关心。"他的话音刚落,三个警察就抓住了那个一直在大喊的码头工人。

这个时候,那位码头工人显得非常无助。警察从他背后用力压住他,他的膝盖前倾,扑通一声跪倒在鹅卵石地面上,发出一声呻吟。当他像只四脚朝天的动物一样在地上寻找平衡时,警察还在踢他的肋骨。

"他们在打那个人!"我不假思索地喊道,"爸爸,我们得帮帮他!"可爸爸继续朝着码头出口走去。

　　我立场坚定。"请等一下，爸爸。"我朝爸爸喊道。爸爸停下脚步走回我身边。

　　"怎么了，弗洛拉?"

　　我都快无法呼吸了。

　　我觉得爸爸看到我对眼前发生的事情如此不安，一定极度诧异和震惊。现在，那个码头工人被警察强行拖离了码头。他没法好好离开的，我发现警察还在击打他的后脑勺，他痛苦地号叫着。

　　"住手!"我喊道。但他们没有听到。

　　"过来，弗洛拉，别给自己找不痛快。那男人可能不是品行恶劣的小偷，就是醉鬼。我们得走了。"爸爸用胳膊轻轻搂住我，把我拉走了。"你真的不能这么敏感，这会毁了你的。做错事的人必须受到惩罚。"

　　"可他到底做了什么错事，值得遭到这样一顿毒打?"我乞求道。爸爸却不理我了。

　　当我再回头看时，那里已经没有那些人的影子了。但我仍然为自己所看到的景象感到困惑和难受。回家路上，我一言不发。而爸爸也坐在一边想着自己的心事。我望着车窗外车来车往的马路，努力忍住眼泪。回到那个没有外婆的家里实在太痛苦了，如果外婆在，我就可以冲到她那儿去问个究竟，或者，至少能得到她温暖的拥抱和陪伴。

1900年2月26日

外婆和亨莉带着满满的见闻从巴黎回来了，见到她们的我是如此欣喜若狂。今天晚饭时，亨莉不断地谈论着宽敞的百货公司、设计师作坊和塞纳河亮灯的美景。她说巴黎北站是她见过的最雄伟的火车站。我心想她并没有见过很多火车站，但忍住没说，不然她一定会指责我嫉妒，我不想找麻烦。我希望我们大家开开心心的，像真正的一家人。

外婆给我带了很不错的礼物，有薰衣草花露水、项链，还有让人眼睛发亮的奖励。她知道这个礼物对我来说比其他礼物都要珍贵——电影传单。外婆专程去了国家工业促进协会为我找了资料。我紧紧地拥抱了外婆，她本可以在游玩中度过愉快的时光，却为了我给自己添了许多麻烦。

"我们确实玩得很开心，但这不意味着我们把你给忘了。"

亨莉告诉我们，她们在塞纳河南边一家非常有名的餐馆吃了饭，那里也被称为左岸，在蒙帕尔纳斯地区。"那里到处都是饿着肚子的艺术家，戴着滑稽的平顶帽，穿着沾满颜料的衣服，都是些放荡不羁的文化人。我觉得很可怕，可外婆非常喜欢，还说你也会喜欢，弗洛拉。爸爸，你肯定不会喜欢的。"

"是的，你说得对，亨莉埃塔。我非常不赞同外婆把你带到那种地方去。不过，不管我说什么都阻止不了你吧，维奥莱特？"

"了解其他人的生活方式很重要，亲爱的托马斯，至少那是个受人尊敬的完美地方。"

"我们什么时候能去，爸爸？"

爸爸和外婆交换了一个诡异的眼神，我立刻知道他们已经就此讨论过了。

"我能去吗？"我叫道。

"我们半个月内必须回去取亨莉埃塔做的衣服，

当然，我们不会待那么久，最多一两天……"

"当然，除非那个地方不适合我。"

"怎么可能呢？"外婆笑着说，"它们都是世界上最好的高级时装定制店。"

"是的，但我是吃了好多顿法国菜以后去量尺寸的，"亨莉叫道，"舞会结束前我什么都不会吃了！维多利亚女王见到我，会觉得我是一只肥鹦鹉。"

"别傻了，亲爱的。"

我按捺不住地等着他们结束这一话题，努力让自己不去打断他们，可最后还是忍不住了。"我可以跟她们一起去吗？爸爸，求您了！求您让我跟她们一起去吧！"

"我不知道有什么理由拒绝，我想那对你有好处。我觉得你花了太多时间在一个人空想上了。"爸爸笑了，"不过，维奥莱特，不能带她去左岸的艺术家咖啡馆，好吗？"

我把我的手帕抛向了空中，搞得周围一片嘘声。不过我一点都不在意，从座位上冲到爸爸身边紧紧拥抱了他，以前我从来没这么干过。"谢谢，太谢谢您啦！"

当我独自待在房间里时，巴西特躺在我脚边睡着，微微打着鼾。而我辗转反侧。我要告诉贝克小姐这个喜讯："我要去巴黎了，我要去看所有的电影啦！"

1900年2月27日

通过阅读，我发现路易斯·卢米埃尔在 1895 年已经将用于拍摄电影的照相机申请了专利，它被命名为电影放映机。

1900年2月28日

真有意思！根据美国科学杂志的记录，一位叫卡米尔·弗拉马里翁的先生拍摄下了天空的照片。在一个晴朗的夜晚，他拍下了三千张照片。这是否意味着你能一口气看完日落呢？或者看星星怎样爬上天空、月亮如何升起落下？我的脑子里都是各种关于拍摄电影的点子。那么，为什么人们不能这么做呢？设想一下，如果我自己也有一台电影放映机，我就能把我们的巴黎之旅拍下来给爸爸看了。当然，这也没有那么简单，因为我还需要其他设备———一台放映机，用来播放这些会动的照片，这样效果才最好。不过，如果我有这些设备，我就可以重新创造一段旅程，给爸爸或其他人看。我能想到的是，这些摄影机能够拍下人们没法亲眼看见的物体、场景和事件。不同于人们阅读的报纸上的文字，我用这些会动的照片代替了语言。

就像金斯利小姐一样，我会成为一名记者，但我是名摄影记者。不过，谁会需要摄影记者呢？那些用插画的报纸当然不会需要照片。

1900年3月1日

我沉浸在获得巴黎礼物的兴奋中，忘了告诉外婆玛丽·金斯利来跟我们吃过晚饭。外婆为没有见到她感到遗憾，称她是"一个少有的非凡的女人"。

"她叔叔查尔斯·金斯利是位小说家，也是最早支持我们妇女投票权运动的人之一。这些她告诉你了吗?"

我摇摇头。

"他和其他人一起帮助我们通过了1870年的《已婚妇女财产法案》。那是最初三个赋予女性私有财产权的法案之一,在这个法案里,并不是一切都归丈夫所有了。"

"您是怎么认识她的?"

"天哪,我们老是碰到。我不记得了,不过应该是在皇家地理学会最终决定准许女性成为会员的时候——我必须说,这个决定被那些愚蠢的总是改变主意收回女性入会权的男人们反复争论了许久。不久之后,玛丽来给我们讲了她在非洲的见闻,以及英国给非洲带来的影响。尽管她客观公正,却从不赞同女性在一个男性建立的空间里谋求地位,即便是在某些特别的领域,比如皇家地理学会。我们在安静中迅速对视了。我很高兴,她跟我一样,并不完全支持我们这个庞大帝国在海外的殖民。当然,我们的国家国力强盛,但对我跟玛丽这样去过很多地方的人来说,我们国家的殖民造成了大量的伤害……"

"什么样的伤害?"我感到震惊,打断了外婆的话。我所认识的每个人都认同英国在世界范围内的殖民,爸爸毫无疑问也这么认为,就连《泰晤士报》都大肆宣扬这些。

"弗洛拉,英国社会中的许多事情我都不赞同。女性缺乏社会权利,我上次就向你解释过。任何形式的统治,无论来自男人、女人还是富人,都是违背人权的。所以,为女性能够获得与男性平等的投票权所进行的斗争,是一个政治问题。"

我想起了码头上的那个男人。那个人像狗一样被踢来踢去的景象浮现在我的眼前,但我不打算提起他。我无法解释清楚,只是觉得告诉外婆这件事,某种程度上是对爸爸的一种背叛。

1900年3月14日

终于到巴黎了!经历了海上的风雨航行后,我们的船抵达了加来港。我们住在丽兹酒店。天哪,我从来没有见识过如此的奢华!我感到十分不自在,总想轻声低语。我敢肯定，走廊里经过的人都是国王。这就像在童话故事里，我有点晕头转向了，搞不清这一切是令我舒服还是难受。不过外婆说这座城市还有其他许多不同风情的地方值得一去。透过窗子我能看到外面的大街，这是一个美丽的地方，看起来比伦敦小，也更拥挤。塞纳河贯穿城市，并将它一分为二，南边是左岸，北边是右岸。我想知道这里是否有大码头，就像爸爸的码头一样。我也想知道爸爸是否想念我们，他的"年轻的女士们"都走了。也许他太忙了，根本就没有注意到这些。

外婆带我们到马克西姆餐厅吃饭，那是一家去年新开的餐厅，人气很旺。那里面的人都非常时髦。

1900年3月15日

昨天晚上，当所有商店都打烊、亨莉埃塔再没什么可以买的时候，我们叫了一辆小型出租马车"菲亚克"——它是四轮的箱状，到处都有租用。因为第一次使用是在巴黎的圣菲亚克酒店，所以以它命名。我们坐车去了格雷万博物馆，那儿正在放映电影。那个电影很普通，并无新意，我很失望，它没有如我期待的那样给我启发，不过这个地方还是值得一去。

我们得知照相机和摄影机都没有在市面上销售，这也是我们今天在博物馆看的电影质量不高的原因。卢米埃尔只将电影放映机用来给自己拍电影。他们拍出来的电影也不售卖。他们将影片租给世界各国，然后由操作员使用设备进行放映。这个设备叫做放映机，而操作员被称为电影放映员。

其他想看电影的人因为买不到摄影机，只能自己制作或委托他人制作。例如，有一位非常著名的法国魔术师，名叫乔治·梅里埃，他拥有巴黎的罗伯特·霍迪尼剧院。为了记录自己的表演，他委托别人制作专为此用的摄影机。他还建造了一座巨大的玻璃屋，称之为工作室，在里面制作电影。去年，他拍摄了一部十三分钟的电影，是一部纪实短片，叫《德雷福斯事件》，由梅里埃先生和一位女士表演。我必须记住这些，然后提高我的法语水平！

1900年3月16日

　　我们满满两天的巴黎之行充满了欢乐和冒险，要从哪儿开始说起呢？现在我们在去法国港的火车上，这场旅行即将结束，但是永远不会被忘记。当然，免不了还是会购物。虽然我对购物没什么兴趣，但我很喜欢外婆给我买的新外套。而亨莉埃塔，满载着全套的项链、手套、香水、羽毛和帽子，这些都是为她几周后进入社交界准备的。

　　现在，正跨上马车的她烫了一头新鬈发，脸色因为兴奋而红扑扑的。我觉得爸爸打算让她光鲜亮丽地进入社交界这个主意真是太棒了，她会认识新的更有趣的人，所以现在她很少提到阿奇博尔德·马什了。这样我就不用做那个笨蛋的小姨子了。天哪，她要是看到这些话一定会打我的，不过我没有恶意。她是我的姐姐，我很爱她，只是她的愚蠢搞得我很不耐烦。不说这些了，我要来写一写我们愉快的巴黎之行。

　　昨天早上吃完早饭后，丽兹酒店前台的门房告诉外婆，有一个名叫帕特的男人通过卖留声机赚了很多钱，也同样对电影很感兴趣。以为无法从卢米埃尔那里买到电影放映机，他让一个叫裘利的男人造一台一样的模型。因此，当亨莉在裁缝那里为她的舞会礼服忙碌时，外婆和我就去万塞纳找这位帕特先生了。据说他的工厂就在那儿，可我们没有找到他。我很失望，所以又接着坐"菲亚克"去了莱昂·高蒙先生的工作室。那位女导演爱丽丝·盖伊就在那里工作，可惜我们没有碰到她，也没有看到她的任何作品。出于某些原因，工作室当天休息。不过在附近逛逛也不错。工作室的简陋出乎我的意料，他们有一个跟我们家客厅差不多大的露天舞台，还有一个有顶棚的仓库，用来存放他们的"财产"——都是些用来拍电影的道具，比如椅子、剑、羽毛，还有些破旧的头盔，等等，很多奇怪的物品。这些让我感到非常好奇。我从来没有想过，需要用这些东西去创造一个电影的世界。现在看来事实显然如此。

我曾简单地以为每部电影都是镜头前所发生一切的真实记录，没有想到导演可以创造他们想要拍摄的世界。这也意味着我们可以编造故事并将它拍摄下来。

因此，就像我们阅读书本中的故事一样，电影代替了文字，向我们讲述了故事。电影不是新闻的形式。

看到著名的电影放映机的那一刻，我兴奋得屏住了呼吸。它被包在一块黑色天鹅绒布里，仿佛害怕被日光灼伤。工作人员掀开绒布的时候我惊呆了，那实在是一个可怕又复杂的新发明。在外婆的翻译下，我请求那位先生告诉我们它的工作原理。可是他耸耸肩说自己只是工作室的门房，对此一无所知。

如果爸爸答应给我买一台电影放映机，我不知道自己会用它来拍什么，但我仍然希望自己能在这个行业有一席之地。我了解得越多，对它的未来就越期待。我害怕这只是一个梦，而我没法看到它实现。

当天晚些时候，亨莉埃塔还在挑选裙子和配饰——天哪，我永远不要进入社交界——我跟外婆去河边逛了逛。那儿有好多戴着贝雷帽的男人坐在凳子上画着河水、桥和建筑的素描。除了艺术家，那儿还有许多书摊，沿着河岸一字排开，背后是巴黎圣母院。这番景象实在太美了。那儿有人在卖巴黎剧院的羊皮纸海报，以及旧书，有些书还有炫丽的镀金封面，美得无法形容。我多希望自己的法语好到可以阅读，却只能做一个初来乍到的他乡人。如果贝克小姐知道我总算能背诵那些可恶的法语和德语动词了，一定会非常高兴。语言是交流的工具！当然，外婆跟书摊摊主们侃侃而谈，好像她是一个本地人似的。在她与他们聊天时，我四处张望，猛然发现不远处的小摊上有一张海报，挂在一条穿过整个小摊的绳子上，就像晾衣服似的。上面用大写字母写道：卢米埃尔活动电影机。我用水平有限的初级法语也能理解这两个词的意思！我赶紧走近一些，看，多么棒的发现！海报上是六个人的素描，他们坐在剧院屏幕前，幕布被拉了起来。他们盯着屏幕上的影像，哈哈大笑。在这些观众的旁边站着一个穿制服的男孩，好像一个男侍，也跟着一起哈哈大笑。我把外婆叫过来看，通过她的翻译，我知道这部令人捧腹的电影名叫《水浇园丁》。

"我看过这部电影，"我叫道，"跟贝克小姐一起在伦敦看的！"

屏幕上有一个拿着橡胶软管的园丁，软管里的水喷了他一脸，而他的背后，一个淘气的小男孩得意扬扬地跑开了。

书摊老板告诉外婆，这个小故事是 1895 年最早一批在嘉布遣大道格兰德咖啡馆地下室公开放映的片子之一。

"观众们都在笑，"我也加入了话题的讨论，"那个小男孩故意踩住了橡胶软管，堵住了水。而当园丁举起软管口查看有没有损坏时，小男孩松开了橡胶软管逃走了，园丁被淋成了落汤鸡。真好玩。"

"这张海报值得珍藏。"卖海报的人说。

"真的吗?"我问，"您也看过这部电影?"

"我没有看过。第一次在格兰德咖啡馆公开放映电影的时候，观众花一法郎，就能看十部，加起来整整二十五分钟，它就是其中之一。观众简直笑疯了!大获成功!没过多久，卢米埃尔兄弟在巴黎每天放映二十场，场场的观众都排长队。现在整个欧洲都能看到他们的电影了，卢米埃尔兄弟真厉害。"

"请原谅我有不同意见，其实，现在全世界都能看到电影了，这是一项国际性的娱乐活动了。"我兴奋难捺，请外婆帮我翻译。外婆笑了，把我说的话翻译给了那个眼睛发红的男人。他点点头，看起来对我知道这么多表示惊讶。

"你想把这个作为我们巴黎之行的纪念吗?"外婆柔声问我。

"当然啦!"我喊道。

外婆跟年长的摊主讲好价后，他把这张珍贵的海报拿了下来，像卷手帕一样细心将它卷起来递给我。我高兴得都说不出话来了。

1900年3月17日

我忘了说，昨天在我们出发去火车站之前，外婆带亨莉和我进行了一次短途观光，她想让我们看看那座奇怪的新塔。它叫埃菲尔铁塔，矗立在塞纳河南岸，高耸入云。我不太明白造这座塔的用意，因为没人能住在上面——它没有墙，顶部也很窄——但能亲眼看到它还是很开心。

我把海报夹在了我卧室的镜子上，以此来激励我。

亨莉埃塔的舞会邀请函今早送达。伦敦德里伯爵夫妇将于5月24日在他们梅费尔公园大道的家里举行舞会。亨莉将邀请函紧紧握在胸前，激动得在楼梯上跳了起来，仿佛接到了天大的好消息。

"我会见到英国每一个有爵位的人和政治家。"她高兴地喊道。好吧，这可比沉迷于阿奇博尔德·马什好，我心想，不过得小心翼翼，尽量不说任何刺激她情绪的话。

外婆并没有那么激动。"毫无疑问，伦敦德里夫人是英国社交界的女王，亨莉埃塔应该去参加这个舞会。然而，尽管她热切期待着出现在那个场合，也千万不要被那些浮华的表象蒙蔽了双眼。侯爵夫人极具魅力。她几乎能够吸引并操纵每一个政府里的男人，或者那些想进政府工作的男人，这种魅力当然很好——我们都有自己的战场——但却不是我希望你们这些女孩甚至所有女性所渴望的。"外婆停下来，叹了口气，紧紧握住我的手，紧皱眉毛，看起来陷入了深深的沉思，"我希望你们的父亲托马斯……或多或少……他非常保守，孩子。"

"那样不好吗？"我问外婆。

"什么？不，当然不会。只是……假如你妈妈米莉森特在这里的话……她没有那么保守……当然，我们宁愿看到亨莉埃塔去参加舞会，也不愿她像文森特·安德森先生呆板的太太那样，一天到晚除了吃蛋糕什么都不干。弗洛拉，我们女性不能压抑自己的感情。在这个世界上，我们能做的事情很多……哦，我为亨莉埃塔祝福！"

我不太明白外婆到底在担心什么，但她对爸爸的评价让我心烦意乱。更令人惊讶的是，她提到了我妈妈。而爸爸和外婆几乎从来不提妈妈。

1900年4月22日

今天是我的生日，我十五岁了。没有什么特别的计划。爸爸说，巴黎之旅是提前送给我的生日礼物，我永远难忘。我多希望现在身在巴黎啊！一个精彩的博览会刚刚开幕。街上到处都是各种展览，展馆就跟巴黎大皇宫一样。这个博览会就是世界博览会，世界各国现代艺术家的画作都在那里展出。巴黎还有自动人行道——你能想象吗？——真是一场颇具纪念意义的盛事，还有巨大的摩天轮。哦！要是现在能回到巴黎就太好了。

1900年5月10日

今晚有可怕的客人前来共进晚餐——殖民部的邓肯大人和他的太太邓肯夫人。外婆和亨莉埃塔都出去了，只留下爸爸和我。我宁愿一直都待在自己的房间里。

邓肯大人说玛丽·金斯利跟很多黑人在一起，"有人私下里说，她还允许一些黑人去拜访她"。

"这样的物种怎么能获得尊重？"邓肯夫人讽刺地说，"她是英国的耻辱，甚至跟殖民部作对，觉得自己更清楚如何统治西非。"

"是的，我太太说得对。事实上，金斯利小姐希望西非由商人统治。她真是太荒唐了。"

"真是太让人惊讶了，"邓肯夫人添油加醋地说，"毕竟，她是个私生子，生母是个女仆，在她出生前几天才跟她父亲结婚。显然，她的血管里流淌着低等阶层的血液，不然她为什么会认为那些黑人的话值得我们去听呢？谁都能看出来，那些黑人比我们低等和愚笨。"

"她来吃过饭，"爸爸说，"就在她最近一次去非洲前不久。我猜她肯定是女性投票权的支持者，但我不知道她跟黑人在一起。如果我事先知道的话，不会请她来跟我们一起吃饭。"

当爸爸说完这些话的时候，我站起身来，请大家允许我离开。我从未跟黑人说过话，但爸爸的话让我感到难受。外婆告诉我的是真的，英国有很多可怕的东西。金斯利小姐是个善良又勇敢的人。我讨厌听到别人说她的坏话，而那些她照顾帮助的人，当她不在的时候，也必须保护自己。

1900年5月12日

我把邓肯大人夫妇在晚饭时跟爸爸说的话告诉了外婆。而外婆也告诉我说玛丽·金斯利一直在跟殖民部做斗争，因为她不赞成他们统治西非的方式。然后她引用了玛丽很多年前从非洲回来后写下的话。"我很确定，"她写道，"黑人跟未开化的白人男子一样，如同女人跟未开化的男人一样。"

"弗洛拉，现在你知道我们对妇女投票权的斗争有多重要了吧。世界被这些自以为高人一等的白人男子统治着是一件危险的事。这个世界是建立在偏见和蔑视上的。"

"可不仅仅是男人这么说，邓肯夫人也是那么卑劣。"

"我想我们不应该这么苛刻地评判她。她并没有考虑到她自己，只是简单地转述了别人的观点。像她这样的女人对于发现生活和世界赋予她的一切没有兴趣，只是一个无意识的存在。当然，她勇敢地跟她丈夫一起反对玛丽。她坦率得毫无畏惧，以至于她根本无法明白这个世界上的每个人，无论是男人还是女人，黑人还是白人，都能让其他人有所启发。"

"就连邓肯夫人也是？"

外婆笑了。"是的，就连邓肯夫人也是。你从她身上认识到了目光短浅是什么样的，对吗？"

我点点头。

"毫无疑问，如果她对待生活的态度更开放一些，她就会发现自身的价值，那也许会令她惊讶。"

我一定非常喜欢非洲，我还要在那里拍电影。我希望能张开双臂拥抱生活，每天都有新发现！

1900年5月20日

报纸上通篇都在报道我们在南非布尔战争中取得了胜利。在马弗京的英国军队得救了。看起来整个英国都在为此庆祝。伦敦东区到处飘扬着彩旗和横幅，就连爸爸的仓库也彩旗高挂。英国再一次向世界证明了它的强大。今天早上我经过厨房的时候，听到库克对琼斯说："你一定为英国感到自豪吧？"

1900年5月22日

昨天晚上，亨莉埃塔参加了她人生中第一次的社交舞会。她深夜才坐着马车回来，然后告诉我她尽管非常疲惫，却"还在欢乐中旋转"，她那件装饰着新鲜玫瑰的浅色外套获得了极大的成功。我想她在舞会中大放异彩的时候肯定受到了很多恭维，而且我不得不承认她美得令人窒息，外婆将钻石耳环送给她作为她进入社交界的礼物。

我只有在礼物是电影放映机的情况下才会答应进入社交界，当然，我可忍受不了去舞会！不过我可以拍下舞会的照片，然后用来……

1900年6月3日

这些天亨莉埃塔去参加了五个舞会。她是如此疲惫，以至于每天都睡到下午，起床后到海德公园骑一会儿马就又继续回家准备晚上的活动。她今天午餐时说，昨晚她和阿奇博尔德跳了四次舞。原来他还在她身边晃悠！

1900年6月4日

今天我们全家都在进进出出为亨莉埃塔晚上赴白金汉宫的宴会做准备，比火车站还要忙碌。外婆跟亨莉埃塔待了好几个小时，教她如何走路和行屈膝礼。亨莉埃塔对着巴西特练习屈膝礼，而巴西特汪汪叫着钻进了餐厅里的一张椅子下，眼睛怒视着椅子腿，接着亨莉埃塔对它发了一通脾气。这看上去实在太滑稽了，珍妮和我爆发出一阵笑声。

亨莉埃塔出发去白金汉宫前来到了我的房间里。

"祝我好运。"她的声音透着十足的紧张。她穿着漂亮的带着拖裾的绸缎外衣，上面绣着花朵。"我很害怕。"

"根本不需要，"我说，"你看起来棒极了。"她看起来确实如此。"你穿着这样的衣服还能行屈膝礼吗？"

"别这样，弗洛拉，你为什么总是这么可怕！"她叫道，"你让我的紧张加倍了！"说完她就走了。我把

89

她搞得难过了，虽然我本意并非如此，但我想我可能有麻烦了。我只是很难像她那样严肃对待这件事。当然，我的姐姐实在是漂亮极了。

1900年6月5日

谢天谢地，白金汉宫之行一切顺利！据亨莉说，有超过三百位年轻的女士面见女王，她编号是两百还是什么的！看着这些年轻的女士一个个从面前经过，女王该有多无聊啊。每位被念到名字的女士来到女王面前，行两次屈膝礼，然后离开。我实在没法理解。我想我肯定是我们家的"害群之马"！我对外婆感兴趣的一切都很好奇。女性获得投票权要做什么？对我来说这好像不是平等的权利。年轻男子也需要这么麻烦吗？不，他们要去部队！

今晚吃饭时，亨莉埃塔描述了白金汉宫的内部。她说，最漂亮的是入口，客厅都大得要命，悬挂着明亮炫目的吊灯。好吧，那个地方确实宽敞得足够容纳这些初进社交界的女子。

只剩这周五的宫廷舞会了，然后重要的活动全部都结束了。生活会归于平常。亨莉在社交界崭露头角。

1900年6月6日

我看到爸爸今天早饭时读的《泰晤士报》，上面说昨天早晨码头工人开始了罢工。据说是承包公司拒绝雇佣码头外的工人造成的。愤怒的码头工人离开码头，声讨雇主削弱了工会的力量。

我对爸爸昨天晚饭时的愤怒很好奇。我不知道这件事对他的公司有什么影响，但从他今天去上班时紧皱的眉头来看，他一定陷入了麻烦。可怜的爸爸，他的日子可能会有点难过了。我真心希望自己能帮助他，可我很少分享他的烦心事。由于害怕被他拒绝，我也没法表达自己的爱与同情。如果妈妈在的话情况会不同吗？爸爸会把这些告诉她吗？

人与人生活的世界真的不同。亨莉在为即将到来的宫廷舞会紧张不安，爸爸在为无人给轮船卸货和如何保住自己的公司而忧心烦恼，而码头工人们因为害怕失去工作而愤怒不堪。

1900年6月7日

如果报纸上说的是真的，那家拒绝雇佣劳力的承包公司是为爸爸工作的。前台，包工头把罢工的工人们锁在外面。昨天事态升级了，罢工者冲进码头，让还在工作的工人放下手中的工具。大多数码头工人响应了他们的号召，但小部分没有。他们出现了分歧，发生了好几次冲突，警察又来了。今晚我问爸爸到底发生了什么事，他说罢工的都是麻烦的制造者，他们会遭到惩罚。

"怎么惩罚？"我问。

"我们从别处雇了些工人，这些罢工者会丢掉工作。"

突然间，我的脑海里浮现出几个月前在码头上见过的、被警察打的那个长胡子的码头工人。我猜他一定也是爸爸说的麻烦的制造者。

1900年6月8日

"乐队开始演奏开场曲，舞会就从皇家方阵舞开始了。维多利亚女王当然带头跳了舞，但她年纪又大，人又胖，所以没跳多久。不过一旦她在舞池中，其他皇室成员，还有很多外国皇室的宾客都纷纷开始跳舞。天哪，那场面真是壮观。那些达官显贵们在舞池中旋转着，而剩下的人在旁边观看。只有在舞会接近尾声的时候，我们才得以加入。真是太有趣了。当然，如果你在跳舞的时候旁边有皇室成员，你必须跟他们保持一定的距离。我的脚都快跳飞了。在这么多年轻男人中间旋转！其实有好些我都记不得他们的名字了……"

当亨莉埃塔回忆着宫廷舞会的那一晚时，我忍不住看了爸爸的表情。尽管他在听着，或者说努力装出感兴趣的样子，我还是觉得他的思绪游离在别处。

我知道他会为了亨莉做一切。亨莉是个特别的女孩，我能感觉到，爸爸对这些社交活动很有信心，也鼓励亨莉参加，可他现在忧心忡忡。我对此十分确定。这一定跟那场悲惨的罢工有关。既然外婆很少参与亨莉的社交活动，我应该去问问外婆到底发生了什么事。

我为现在是周六的早晨感到高兴。爸爸今天可以在家休息休息了。

1900年6月9日

虽然是休息日，但爸爸天刚亮就出门了。我不知道他去了哪里，他也没说什么时候回来。

外婆、亨莉和我一起吃了早饭。早饭后，亨莉出发去跟外婆在牛津的朋友会合，他们今晚在乡村别墅要举办一场舞会。

我很高兴能跟外婆独处。我们好久没单独聊天了，我也需要这样一个机会问问她关于爸爸的事儿。我们一起吃了午饭，然后出门去海德公园骑马。

难怪爸爸心情不好。为了支持罢工者，工会的工人们周四也罢工了。为了报复他们，为爸爸工作的承包公司开始从外面雇佣劳工。现在事态紧急。外婆说在这种情况下，问题是没法解决的，她觉得罢工很有可能会蔓延到其他码头。

"你爸爸的公司从英国各地找了很多人来破坏罢工，有些人甚至是坐船从爱尔兰和荷兰来的。他们让这些人住在船上或者码头的棚子里，给他们提供一日三餐，还付给他们可观的钱，这些都远远高于码头工人的待遇。"

"天哪，这对爸爸来说一定很困难。"我们骑在公园里开花的栗子树下时我说。我深深地为爸爸感到担心。

"弗洛拉，你为什么这么说？"

"因为爸爸一定花了很多钱才雇来这些不参加罢工的劳动力。"

"这只是问题的一方面。"

"还有其他方面吗？"我惊讶地问。

"另一方面是，这些罢工者的家庭，没有钱买吃的怎么生活下去？"

我陷入了沉默。我没有想过这些，从来没有。

我们回到家的时候，爸爸已经坐在客厅里抿着威士忌了。他看起来心情很好，用英军在南非比勒陀利亚取得胜利的消息向我们问候，还讲了码头上举行的庆祝活动。他说："我们码头上的庆祝活动从早上八点开始，我命令所有船队的船只从船头到船尾，从前桅到后桅都升起旗子，这一天中其他船只也纷纷效仿我们的做法，到了下午五点我离开的时候，整个码头都被彩旗淹没了，看起来就像在举行一场派对。"

"多伟大的爱国精神，托马斯！好吧，你确实给罢工者带来了很多麻烦。请允许我去换下骑马装。"外婆说着站起身走出了客厅。

我跟在外婆后面走上楼梯，为她和爸爸之间的对话感到困惑。看起来爸爸因为这个消息而感到开心，但出于某种我不知道的原因，他的话让外婆很生气。也许外婆觉得举行庆祝活动不合适是因为那些罢工者的家庭没钱买吃的？我不太确定。

1900年6月10日

可怕，可怕的消息！外婆今早收到电报，玛

丽·金斯利小姐这个月三号因为伤寒在非洲过世了。外婆极其震惊又悲伤异常。我也感到非常难过，情不自禁地想到再也没法收到她答应给我的签名本了。我这样想真是太自私了！

1900年6月20日

据报纸上说，伦敦东区到处都是庆祝胜利的游行队伍。显然，这些人都得到了《每日电讯报》的资助。人们正在为南非战争中牺牲士兵的寡妇们募集钱款。这些钱的数额似乎远远高于帮助支撑罢工者家庭生活所进行募捐的数额。许多捐款支持码头工人罢工的人都被指破坏和平，并被送上了法庭。

在伦敦东区，很多酒馆和本地居民都慷慨地捐钱支持战争，或者给那些丈夫死于战争的寡妇们，却分文不给那些罢工者的家庭。外婆说，码头工人们因为太困难所以不会抵抗太久。这些游行和缺乏支持的罢工会迫使他们回去工作。

1900年6月22日

战争远在天边，作为参战国的一员也挺奇怪的。人们依然在新闻中和餐桌上为此争论。似乎有很多人反对战争。而我真的不知该作何感想。不过我讨厌人们互相残杀，当我回忆起世界博览会上那些人是如何被对待的时候，我觉得凌驾于别人身上的权力并不是一样好东西。

1900年6月24日

今天早上发生了一件超级棒的事！我收到了一个粘着南非邮票的包裹，撕开棕色的包装后发现那是玛丽·金斯利几个月前承诺送给我的书，她还在书中用墨水给我题了词。

亲爱的弗洛拉：

谢谢你对这本小书感兴趣。我希望它能鼓励

你走自己的路，书写自己的命运。

我这样建议会太莽撞吗？好吧，我的建议是：为自己创造机会。像你对我说时那样满怀热情地去做电影。它们能将转瞬即逝的时间持久保留下去。

祝愿你能够成功，也非常期待下次再跟你见面聊天。

你的玛丽·金斯利

读着这些文字，我的心跳得如此之快。她如此认真地对待我的梦想，令我骄傲又羞愧。她一定是在生病之前就将这个包裹寄出了，我一定会珍藏这本书，并且很想仔仔细细阅读。

1900年6月25日

我们八月计划在萨克福度假一个月。爸爸在约克斯福德附近租了一栋房子，离海边不远。外婆不跟我们一起去。"孩子，我太忙了，"她说，"没时间跟你们顶着酷暑在乡村闲逛。"

其实我也不太想去，因为在那儿实在没什么太多事可以做，除了阅读——我在这儿也能阅读，还有骑马——在海德公园就能骑。我也不是很喜欢大自然，狩猎也并非我用来消遣的爱好。我宁愿待在城里。不过我们还是可以坐着爸爸的汽车四处游玩，这还是挺有趣的。我不知道暑假的意义，难道意味着我得停止像爸爸那样埋头工作吗？我们几乎好几个星期没见到他了。我想一定是那场罢工让他回不了家。

1900年6月26日

今天来了一个女人。琼斯应门后，她要求跟爸爸说话，可爸爸不在家。"我不会走的，除非跟他说上话。"她大声坚持道，声音里透着暴躁。

贝克小姐和我正从楼梯上下来，听到了他们的谈话。我刚刚上完一节我十分害怕又讨厌的德语动词课，正打算去餐厅吃午饭。我走回来想一探究竟，看看这个邋遢的女人是谁。

"我要见邦宁顿，我丈夫在码头上为他工作。"

"外婆在家吗？"我问琼斯。琼斯摇摇头。

贝克小姐拉住我的袖子说："弗洛拉，这不关你的事。"

我不这样认为，走到门边。"我能帮您什么吗？"我问那个女人。当我们面对面时，我发现她比我以为的要年轻得多。

她有点惊讶，我觉得她并不想跟我这样一个没长开的小孩子说话。为了让她安心，我告诉她我是邦宁顿先生的女儿，可以帮她给爸爸带个口信。

"你就是个小吸血鬼。"她冷笑着说。

"我已经十五岁了。"我大声说。在我表现出体贴后她所回应的蔑视令我有些受伤。

"哎哟，十五岁！我们那儿像你这个年纪的男孩都出去工作了！既然他们工作了，就该拿到报酬。知道什么叫阶级吗？你的日子过得可真容易。"

"我想你应该来吃午饭了，弗洛拉。"贝克小姐呵斥道。

"如果你想让我给爸爸带个口信，我十分乐意。"

我重申道。

"那么好吧，小姐。你可以告诉你的爸爸，因为他的残忍，我们不得不饿着肚子。他是一个硬心肠的冷血动物。我有五个孩子。我希望你妈妈也会遭受我所遭受的一切。"

我为她的话和她语气中的尖刻震惊不已，感到天旋地转。当然，我没有告诉她我没有妈妈。

"我叫巴克斯特。"她的声音像一块掷向我后背的石头。我一时没有听清，甚至不太确定自己有没有准确地记住它。

突然，琼斯和蔼地来到我身边把我带走了。

"你听见她怎么说爸爸了吗？"我咕哝道。我不知道他们后来是否还说了别的什么。接下来我就被琼斯带到餐厅里常坐的椅子上了。

"她为什么那样说？"我轻声问那些看着我的人。

"小姐，你不应该过去听她说话，而既然你去了，就不要把她说的话当回事。"

"为什么，琼斯？"

"她是个粗人，一个罢工者的妻子，无疑有一张下流的嘴和粗鲁的行为。"库克一边把黄油土豆摆上桌，一边厉声说。她的话跟巴克斯特夫人的话一样令我震惊。

我午饭几乎没吃什么，整个下午都在辛苦地上课，门口那场对话扰乱了我的思绪，但我尽量努力不将它的影响继续扩大。最主要是，我之所以如此心神不安不是因为那位巴克斯特太太言语粗鲁——她确实粗鲁，而是因为上帝原谅我吧，我居然在想，甚至还写了下来——我很害怕，现在依然害怕，我害怕她发的这通脾气确实有道理。

我没法跟任何人讨论这些关于爸爸的想法，就算是最亲爱的外婆也不行。出于某些让人费解的理由，我真的深深希望自己能跟玛丽·金斯利在一起。从晚上我回到自己房间里开始，她就在我的脑海中盘旋。现在我把她用墨水题了词的书放在枕边。我曾经为她的去世而流泪，但现在我不禁觉得自己的眼泪不是为了她而流。如果现在我可以对这个世界有什么愿望的话，我希望我的妈妈能静静地坐在这儿，在我的房间里，坐在我的床边，我的膝盖碰着她的脚，我的头抵着她的膝盖。我前所未有地渴望妈妈能在这儿，渴望她能摸着我的头发倾听我的困惑，告诉我爸爸并不是一个冷酷残忍的人。

1900年7月17日

罢工结束了。爸爸说那些人"三三两两"地回去工作了。整个罢工在南非战争的映衬下已经显得没那么重要了，就像一阵啜泣般过去了。爸爸说罢工的失败是雇主的胜利。那些工人现在会遵守雇主的要求，对他们拿到的工资表示感激。"这场罢工让他们认清了自己的地位，下次他们再想挑战这些给他们工作的绅士时就会三思。"

我没有忘记那个码头上的"小偷"和来到我家门口的巴克斯特太太，所以心情没那么轻松。

我也回想起当爸爸对我们说他让码头上的船都升起旗子、其他船只纷纷效仿时外婆的反应。难道爸爸的目的并不是为了庆祝战争胜利，而是转移码头工人的注意力，削弱他们罢工的信心？不，肯定不会。我怎么能这样想我的爸爸呢？

1900年7月20日

　　我们度过了愉快的几个小时。今晚我们去伦敦西区的剧院看了一场戏剧，由爱尔兰剧作家萧伯纳创作的《风云人物》。

　　中场休息时，外婆用胳膊环着我，带我离开爸爸和亨莉埃塔，然后说："我想介绍几个人给你认识，跟我来。"

　　在第一层楼厅前排座位的台阶底部，站着一位年轻的女士，她不比亨莉埃塔大多少，正在跟另外两个人交谈。

　　"克里斯特贝尔，这是我外孙女弗洛拉·邦宁顿。"

　　我们跟这位名叫克里斯特贝尔的女士握手，她说她希望能够再见到我。"你外婆每次提到你都十分自豪，也许某一天你能来参加我们的会议，你说呢？"

　　我点点头，在她们中间我感到非常害羞。

　　"行动胜于空谈，维奥莱特。"我们走开时她对外婆说。

　　"她是谁？"当我们离开那三个女人，穿过人群往回走时，我问外婆。

　　"她妈妈很多年前就是我的朋友。我在参加妇女投票权运动的会议时就见过她，那时她还是个小女孩。她妈妈本名叫埃米琳·古尔德，后来结了婚，大家都叫她埃米琳·潘克斯特。刚刚给你介绍的克里斯特贝尔，就是她的女儿。"

"她对你说的'行动胜于空谈'是什么意思?"

"我会告诉你的，但不是现在。看，你爸爸跟亨莉埃塔在叫我们了。戏剧马上继续开演了。"

我在演出过程中往爸爸的方向瞥了一两次，他微微笑着，看起来愉快地沉浸在表演中。不过后来当我问他对这部剧有什么看法时，他说它并不合他的胃口。"我宁愿看点表现爱国精神的东西，那个爱尔兰人，萧伯纳，是个麻烦制造者。"

我猜爸爸刚才微笑是因为罢工结束了，他终于可以放松了。我也很想知道巴克斯特一家现在怎么样了，想再跟那个女人聊一聊。

1900年7月24日

我一直在读金斯利小姐的书。这本书棒极了。她的文字将另一个世界带到了我的眼前。西非令我极尽想象，却始终面目模糊。想一想，如果我能将那些栩栩如生的照片带回来给英国人看会怎么样？像邓肯夫人那样的人会重新审视他们对那些部落人民作出的刻薄评论吗？那些会动的照片可以让我们的距离更加贴近，更好地理解彼此间的不同吧？

金斯利小姐的书最激励我的地方在于她独自出发创造了自己的事业。她遵循自己的梦想，将它们化为了自己的生命。

哦，但愿某天我也有这么做的勇气！

1900年8月3日

外婆邀请我去参加一个会议，与会的还有很多其他妇女参政权论者。"你已经十五岁了，足够明白自己的心意了，我相信你已经准备好了，不过显然这一切的主导权在你自己手上，弗洛拉。你想跟我一起去吗？"我告诉外婆我非常想，我们达成了一致。

"只要你爸爸不反对就行。"

"哦，请别告诉他！"我脱口而出喊道。

外婆皱起了眉头。"为什么，亲爱的？"

"我……我想晚点告诉他，"我结结巴巴地说，"我想给他个惊喜。"我的借口是个谎言，我自己也明白，其实我是害怕爸爸不同意。

我们喝完茶就出发了。会议在伦敦南部一个叫大象城堡的地方举行，开会的大厅很小，冷风穿堂而过。我想不起自己曾经来过这个区域，太破败了，我不太喜欢这里。不过我没有权利做这样的评判。

外婆不久前在剧院介绍给我的那位女士，克里斯特贝尔·潘克斯特，看起来是个管事的。至少她讲的话最多，而且她的演讲既充满激情又引人注目。

"女性投票权是自由和平等的象征。"她大声说着，双手举过头顶。其他人也大声回应她，同意她的观点。我环顾周围，惊讶地发现有些女人的头发都剪短了，有些在抽烟，还有一些穿着有点波西米亚风，当然还有很多看上去就是普通人。显然也有不少女性跟我和外婆的背景一样，外婆将其中一位年纪跟她差不多、看上去十分和善的女士介绍给了我。她叫米莉森特·福西特。我非常喜欢她。她没有说太多，但当她发言的时候，她字字深思熟虑，尽显聪明才智，其他人也听得非常仔细，对她相当尊重。

总而言之，这是一场混杂了各种年龄女性的有趣集合，既有外婆这样的中年女性，也有更年轻的女性。人群中还有少数的男性，这令我大为惊讶，因为根据外婆所说的，我以为所有男性都是强烈反对女性拥有投票权的。

"任何没有投票权的阶级都被贴上了下等阶级的标签，因此女性被认为是下等阶级，这是一个可怕的谎言！它让男人傲慢又不公！"

"没错！"有人大声回应道。其他人也都欢呼着舞动起双臂。他们的声音大得仿佛敲响了的钟声。这股热情的能量实在令人兴奋，我也情不自禁被感染了。虽然没有完全明白那些话的意思，我也立刻跟着一起欢呼起来。

然后，我们一堆堆聚集在一起喝着热茶聊起天来。尽管我没怎么说话，却把他们当成了自己人。我几乎说不出话来，看着眼前所发生的一切，听着其他人发表自己的观点，这些都令我着迷。

好几个女人提到了那句话——行动胜于空谈，都是在谈话中或在演讲台上号召大家的时候。我想那一定是他们的座右铭。

后来，在乘马车回家的路上，马蹄踏在潮湿的鹅卵石地上发出嘚嘚声，车厢轻微地摇晃着，我再一次请外婆给我解释"行动胜于空谈"的意思。

"有很多女性认为这场斗争进行的时间太长了，政府根本没有把我们当一回事，现在是时候进行宣传了。而有些人认为我们应该成立工会，为我们的权利而奋斗。"

"成立工会？外婆，这是什么意思？"

"如果女性联合起来集结成一个团体去争取权利，政府会加以考虑。另一些人，比如克里斯特贝尔，认为我们应该上街游行，将我们的委屈昭告天下。"

"您的意思是像码头工人在伦敦东区那样干？"

马车靠近海德公园了，外婆看了一眼车窗外潮湿的夜色，然后看着我。"是的，就是这样。"

"但是他们失败了。"我认真地说。

"他们失败不是因为他们上街游行，而是受客观环境所迫。"

"比如？"

"支持布尔战争。"

"我不明白。"我说。可让人害怕的是，其实我的心里有一点明白。

"跟工人及他们不幸的家庭相比，人们更愿意捐钱给在海外作战的士兵。"

"为什么？"

"因为普通老百姓都认为英国士兵是在为我们世界第一帝国的地位而战。"

"难道不是吗？"

"确实是，不过……"

"到底怎么了？"

"大多数人看起来都没意识到，在很多情况下，他们热爱的国家是被那些拒绝为他们提供公平的工资和更好的工作环境的男人们统治的。"

我沉默了，暗自思忖。难道这就是巴克斯特太太用她的方式在告诉我爸爸的真面目吗？难道这就是爸爸让码头彩旗飘扬的原因？假如人们把钱都捐给了战争寡妇们，就没有多余的钱来支持码头工人了，这样他们为了养家糊口就不得不重新回去工作。我想得越多越深入，就越觉得女性应该拥有投票权。这样我们离公正公平的社会才会更近一步。

"好吧，如果你去游行的话，我也会去的。"我回答说。

"成交！"外婆大笑着紧紧拥抱了我。

1900年8月5日

爸爸取消了我们的萨福克之行，他说自己在伦敦有大量工作要处理，没法抽开身。

外婆说他的举动让亨莉和我失望了，可我们都嚷嚷着表示异议。亨莉最近一直盘算着跟阿奇博尔德一起出去一个月，而对我来说，萨福克之行的吸引力仅仅在于不会有莉迪亚和阿奇博尔德！假如亨莉翻到这本日记读了的话，她一定会永远恨我的。

1900年8月6日

今天早上，珍妮叫醒了我，当她在房间里走来走去为我准备洗漱的时候，我开始用一种从未用过的眼光审视她。

"你在看什么呢？"她咯咯地笑着。我被她发现了，只好窘迫地耸耸肩。

这只是因为我从来没有想过珍妮的处境。我不是指在我们的家里，而是假如爸爸的公司情况变糟了不得不解雇佣人的时候，她该怎么办呢？我知道她只比亨莉埃塔大一两岁——我想就二十岁——她出生在伦敦东区某个穷人家。她只受过一点正规教育，我也不知道爸爸给她的工资是多少。我知道她识字，因为我时不时看到她拿着信，她把信塞进围裙的口袋，就像溶解在水里的糖，等到没有人看见的时候才拿出来阅读。是她男朋友写来的信吗？她要结婚了吗？虽然我知道爸爸不会这么做，但万一他把她赶到大街上，她有什么权利呢？又会有怎样的未来呢？我恐怕她会一无所有。

如果我理解正确的话，在另一个晚上的会议中，有一两个女人说，家里的用人是不属于工会的。因此，珍妮享受不了任何权利。

"珍妮，你有男朋友吗?"我终于开口问道。她正弯着腰分门别类地整理抽屉里的衬裙。

"你不觉得你的问题有点太私人了吗?"可她的回答带着暖意，眼里闪烁着光，"是的，我有。"

接着我很想问她是否描绘过未来的图景，如果是的话，她有没有任何目标或愿望。不过我不确定她会不会觉得这些问题太无礼。她会觉得我既讨厌又爱打听吗?

我总是想当然地认为家中的女仆应该照顾我、满足我的需要，却从没有关心过她们的需要。这种想法让我感到震惊。

"你会离开这里跟你的男朋友结婚吗?"

她笑着叫起来。"他还没向我求婚呢!"

"你爱他吗?"

"你为什么想要知道这些?"

"我在想你所拥有的权利，珍妮，如果你离开这儿的话……"

"我的权利！"她自嘲着笑起来，"别傻了，我有什么权利？"

"这正是我想说的，"我说着从床上跳下来，"假如你加入争取妇女投票权的运动……"

"你一定疯了，疯了。妇女什么来着？"

"妇女的投票权，珍妮。加入家庭佣人的工会，你拥有不被解雇的权利，还要有公平的工资。"

"我想你应该洗澡了，你的毛巾都热了。"说着她一边摇头一边走出房间，嘴里喃喃道："家庭佣人的权利，我不知道。"

但我已经解释过了。我会跟外婆聊聊，看看能否说服库克、安娜甚至琼斯跟我们一起去参加会议。

1900年8月9日

亨莉收到了马什家族的邀请，跟阿奇博尔德及他们全家一起去爱尔兰温亚德著名的乡村别墅，这幢别墅属于伦敦德里伯爵夫妇。爸爸认为这是个绝妙的主意，答应亨莉可以即刻动身。珍妮会跟她一起去。家里十分喧闹，到处都是为了亨莉出发而准备的箱子和衣物。

1900年8月15日

我一直在想那天晚上外婆在马车里说的话，除了游行，我们还能怎么宣传妇女投票权运动？我有了一个最棒的主意！用电影放映机把我们的会议拍下来怎么样？然后我们可以找教堂、学校、本地会议厅等任何可以拉下窗让光线变暗的地方来放映这些会动的照片。整个国家的女性都能明白发生了什么事。她们能够听到妇女参政论者在说些什么，以及她们——不对，是我们——在为什么而奋斗。这种方法当然比分发宣传册和游行更有效吧？问题就是我没有电影放映机，而且电影放映机无法记录声音，我们无法重新展现出会议讨论的内容。

不过，把这台设备用在这件事上确实是个好办法，多么合理的机会！我终于可以去学习这个我一直很感兴趣的东西了。

1900年8月17日

今天晚饭前，只有我跟外婆单独在客厅里，我便将电影放映机的计划告诉了她。我说完后，外婆沉默着坐在那儿，双眉紧锁。她的沉默如此之长，显得那么深思熟虑，我害怕自己说了什么可怕的错话，直到她点点头。慢慢地，一开始她的眉头深深皱着，最后她终于说道："这是个不错的建议，弗洛拉。问题就是我们怎么才能有效地将它付诸实践？"

"首先得有一台电影放映机。"我兴奋地回答。

"不，不，首要问题是……我们到哪儿去找一个会使用这台机器的人？"

外婆的话就像一块石头扔进我的心湖。"我啊，外婆。我会学会使用它。这才是重点！"

她惊讶地转向我，仔细打量我的脸："你，弗洛拉？"

"当然啦!"我喊道。她怎么能质疑我的主意呢?我的心怦怦直跳。"外婆,您不能把我排除在计划之外,您不能!这是我一年来的梦想!"我几乎在朝外婆大喊了。我是多么害怕机会就这样从指缝中溜走,被我的伙伴给偷走啊!

"嘘,嘘,亲爱的。我不知道你对这个如此有热情。"

"当然啊!是的!我不想进入社交界,花大把的时间去试衣服。我不想跟一个阿奇博尔德·马什那样的胆小鬼结婚,他的胡子比脑子还多。我要成为妇女参政论者。我要像玛丽·金斯利那样去旅行。我要像您一样关心人们的权益。我想用生命去做点事!"

"安静,孩子,安静。"

我叹了口气,身体靠回椅背上。"对不起。"我含着眼泪嘟囔道,"我不想对您喊的。"

"不,你热情四射。问题是如何把这些能量转化成实际的积极的用处。即便我们能买到一台电影放映机……"

"我会回巴黎去找那位为高蒙先生工作的女导演……"

"爱丽丝·盖伊?"

"是的,我会请她教我。"

"弗洛拉,你已经十五岁了。这不是一台你熬一下夜就能学会的机器。这个建议不错,但从执行的角度考虑,太不切实际了。"

我很想哭,特别希望自己从没提过这个建议,就算是对外婆也一样。我应该离开,去巴黎,等在高蒙先生的工作室外面,直到他们同意放我进去教我使用电影放映机。

我要去巴黎!

1900年8月20日

"好吧,弗洛拉,我多方打听,我们也许能在伦敦找到你想要的电影放映机。"外婆这样说道。她让琼斯叫我去她的书房。当我进去的时候,发现她坐在桌边,长长的金链子挂着夹鼻眼镜。她朝我挥手,手里握着一张纸，纸上是潦草的手写字。她用客观的语气开始讲起来，尽管她将地铁两站之间的路径清楚直接地描述出来，我还是感到困惑，不知道她到底在说些什么。

"我想我们应该跟这个男人联系。等等，我把他的名字写在某个地方了，在哪儿呢？啊，在这里！就是这个人，伯特·埃克斯，他曾经在皇家摄影学会展示过他的照片。他们把他的详细信息给了我，我们应该打给电话给他，跟他见一面，你说呢？"

"是的，当然啦！"我叫道。

1900年8月21日

外婆今天早上给埃克斯先生打了电话。他建议外婆找他的同事 R.W. 保罗先生。保罗先生在英国销售电影放映机，也正是他，为法国魔术师乔治·梅里埃制造电影放映机。

现在，我所有要做的事，就是劝爸爸给我买一台！

埃克斯先生邀请我们到皇家摄影学会观看他的电影。我非常激动，外婆也是。

"弗洛拉，我很期待这次外出，希望我能像你一样爱上这些会动的图片。"

哦！我多希望外婆也能被电影所影响，这样她就会支持我并且帮我劝说爸爸了。

.

谢天谢地我们没去萨福克。如果去了，今天外婆跟我就不会如此愉快地外出了。今天下午，我们去皇家摄影学会拜访了埃克斯先生。这件事真是值得纪念。

埃克斯先生拍摄了一系列照片，将它们命名为《多佛汹涌的大海》。就跟我早前与贝克小姐一起看的图片一样，一幅幅照片的框架以较快的速度前后连接，形成一种动态的效果。今天的主题是波浪冲刷着海堤，天哪，真是身临其境。惊涛冲上天空，在云间扬起泡沫。画面是如此真实，以至于我们都担心自己身上会被打湿！外婆也被我喜欢的东西所吸引了。

"我几乎相信自己就站在海堤边了。"当埃克斯先生关掉机器的时候外婆悄悄对我说。

整个下午因为专为我们放映的电影而变得更加特别了，当然，是跟埃克斯先生一起。

然后我们一起喝了茶，外婆也一下子对电影感兴趣起来了。

"我要恭喜您，埃克斯先生。那些图片动起来栩栩如生。您方便把它的原理详细解释给我们听吗？我想买一台您的电影放映机。"

"坎贝尔女士，您需要一个投影系统来配合它。"

"是的，是的，当然，什么都需要，还需要一个放映员。"

"不用。"我发出嘘声，不过没人注意到我。当外婆热情投身于她的工作中时，就会忽略身边的一切。今天下午，她连我都忽略了。

"现在有一两种拍摄的方法，我们用的是大家知道的'35毫米'。"

"为什么叫这个名字，埃克斯先生？"

"坎贝尔女士，这是现在我们用的胶片的宽度。我拿给您看。"

埃克斯先生把我们从他工作的地方领到了一块很小的区域，他管它叫'投影柜'。一堆设备摆在我们眼前。他解释了一些技术问题。我必须承认，尽管我在努力跟上他的节奏，但很快就听不懂了。他将电影的运动原理陈述了一遍。胶片，就类似于一条长缎带，两边都被打上了小洞，作为定位孔与轮轴相连。轮轴转动，定位孔带动胶片，用这种方法让胶片向前转动。真是太巧妙了！

外婆看起来没费多大力气就弄明白了它的特性，当然她也问了许多问题，比如谁发明了像缎带一样的胶片。埃克斯先生回答说是一个叫柯达的美国人。她还询问了胶片的价格、拍摄的花费，并记下了各种数字和名字，还有一两个地址。

在回家的路上，外婆在马车里还在做笔记。"有很多东西要学，对吧，弗洛拉？"我只能点点头，因为我知道拥有一台电影放映机却只用它来拍照是相当幼稚的，但我还是感到激动，外婆也这么喜欢电影。

1900年8月26日

　　六天前，爸爸的一艘名叫"印第安号"的船在非洲东海岸遭遇风浪沉没了，这艘船满载着八十五吨的糖从爪哇出发，所有乘客和船员都乘救生艇得救了，谢天谢地，没有人员伤亡，不过爸爸的货全都沉入了大海。《泰晤士报》都进行了报道，他一定在一两天前就得知了这一消息，但他什么都没对我们说，我害怕这场损失对他和他的公司都打击巨大。

　　我现在不可能提什么电影放映机了！我只想到自己，这是多么自私啊。

1900年8月30日

　　亨莉和珍妮从爱尔兰回来了。显然她们度过了一段非常愉快的时光。亨莉满眼都是爱尔兰的乡村美景，在吃午饭和喝茶的时候不停地提这个公爵那个大人的，还有一些邀请她跳过舞的王子。

"所以，你给自己找了一个情郎？你会跟一个王子结婚，然后成为王后吗？"我开玩笑地问她。

然而她极度惊讶地回答道："为什么？阿奇博尔德·马什是我的情郎。你这个傻姑娘在想什么呢？你根本不懂真爱是什么，弗洛拉·邦宁顿！"

我真讨厌她把我当个小孩子！

珍妮对我说她"从没见过伦敦德里伯爵夫妇的乡村别墅那般奢华的地方，即使睡在马棚里，也又豪华又舒服"。

1900年9月14日

阿奇博尔德和亨莉要结婚了！没错！爸爸已经同意了！这是一桩多么可怕的生意啊！我确定假如亨莉愿意等，她一定能找到更有趣的人一起度过余生。好吧，这是她的人生。我偶然听到外婆在图书馆里向爸爸提出相同的质疑。我想，他的回答比这桩婚事更令我难过。

"维奥莱特，阿奇博尔德有爵位又有财富，能抓住他非常棒。我觉得在现在这种情况下，为了亨莉埃塔好，我们不应该让这个机会溜走。"

天哪，他把婚姻说得就像打枯燥的板球。我才不要这样呢！

1900年9月20日

外婆跟我从格洛斯特郡的别墅谈到用来制作电影的工作室！我为她这么喜欢电影而激动。

"这个建议花费很高，弗洛拉，不过我确实相信用它可以教育人们并且将世界上其他地方发生的巨大变化展示给人们看。我们那天看的那些图片振奋人心，而你说的没错，弗洛拉，我们可以走得更远。我会去跟你爸爸谈谈这些。"

1900年9月29日

爸爸对我非常非常生气。外婆今晚出门前，对爸爸说了我们的计划。我打算跟她一起去参加妇女投票权的会议，但爸爸禁止我出门并把我叫到了他的书房。一般来说我只有在陷入麻烦的时候才会被叫去那里。

"你觉得你到底在搞什么把戏？"爸爸开门见山地问。

"我不明白您的意思。"我答道。

"我在说电影的事。"

"那就是我想做的事。"我紧张地回答道。

我的回答一定激怒了爸爸，他用力地拍着桌子对我大吼道："这是没有意义的废话，弗洛拉。我不会允许我的女儿参与这些，你听到了吗？"

"可是爸爸，这又没有坏处。"争论真是个致命的错误。我只想表达自己的观点，却让爸爸更加生气。

"你竟然敢跟我顶嘴！"爸爸吼道。他看起来有点过分的难过。"你是个正在成长的年轻小姐，我一直以为那些幻想总会过去。你认为我会允许我的女儿走进那样一个世界吗？你那个去工作的想法坏透了，你想跟那些在歌舞团和剧院里表演的粗鲁平民在一起。那是工人阶级的娱乐，弗洛拉。不过就是些露天市场的玩闹罢了。你以为我会让你在马戏团的小丑和怪诞表演中结束人生吗？真是让人恶心！我不应该让女性权利的话题在家里蔓延，我早应该制止你，让你像你姐姐一样把精力放到应该关注的事情上。我为你感到羞耻。你会被看成一个戏子，让我们的整个家族蒙羞。"

"但是外婆……"

"回你的房间去！"爸爸吼道。

我被爸爸的脾气吓倒了。就在我打算离开的时候，他告诉我，没有他的允许，我不准离开家里。整晚我都靠在炉火边哭泣。

1900年10月1日

我整晚都睡不着觉，最后决定起床下楼去厨房拿杯牛奶喝。当我经过图书馆的时候，听到里面传来了说话声，话锋犀利。我并无意偷听，只是门半开着，我的注意力便被里面的谈话吸引了。是爸爸和外婆在说话。

他们的对话深深震撼了我，我多么希望自己没有听到这番对话啊，现在我茫然得不知所措，更不知道应该相信谁。我要尽我所能地回想起他们俩之间的每词每句，弄明白真实的情况，让心中油然而生的悲伤之情平静下来。

我经过的时候，爸爸恰巧在说话。他的声音听起来带着愤怒，非常不耐烦。他说的好像是："维奥莱特，如果你的别墅没有其他用处，为什么不把它送给亨莉和阿奇博尔德作为结婚礼物呢？"

外婆却很镇定。"不，托马斯，我不会这么做的。你对待弗洛拉的方式太无理了，假如你仍旧如此顽固又残酷地拒绝鼓励她尝试施展她年轻的思维，我会自己帮助她。而且，我跟她达成了一致。我相信这些会动的图片未来有广阔的前景，用智慧加以开发，能对这个世界作出很大的贡献。我跟弗洛拉一样，想要分享这份新发明。你应该为你的女儿感到骄傲，托马斯，而不是惩罚她。她的想象力很丰富，这应该得到鼓励。"

"用鼓励米莉森特一样的悲惨方式。这就是你想告诉我的，对吗？"

即使在图书馆门外，我几乎也能感受到外婆沉默中的震惊。

"维奥莱特，如果不是你用那些话语煽动你的女儿去做那些不适合孕妇做的事，我相信米莉森特至今还活着。"

我实在难以相信我听到的一切。我的心怦怦直跳，脑子乱成一锅粥。我冷得发抖。

"你怎么能这么想，甚至将它说出来？"外婆用一种深思熟虑的口气慢慢地说。可我从她沙哑的嗓音中能听出，她很受伤，很生气，却在竭力保持镇静。我很想打开门冲进去为她说话，却一动也不能动。我整个人都因为震惊而变得僵硬了。

"你知道你自己做的事，我说的是事实。米莉森特豁出自己去支持你那些荒谬的，不，是危险的选举计划。她本应该待在家里，待在我身边，关心我和她年幼的女儿亨莉埃塔。然而，你却将那些空谈灌输给她，带着她参加一个又一个会议，给那些头脑空空的没用女性灌输妇女投票权，让她们愚蠢地争取学习法律和医学的机会。女性成为医生是违背自然规律和秩序的。我觉得非常可恶。女性的世界里不容许存在这样的野心……"

"托马斯，你……"

"现在，你在对弗洛拉做同样的事。弗洛拉可悲的地方在于她太像她的妈妈了。我曾经希望她长大一点后会有所改变。我保持沉默，想着这些都会过去，但是我错了。她继承了她妈妈的热情，而你鼓励了她。但是现在，她的观点已经转向你和你的盟友了，我不会再坐视不管了。不知道自己正确位置的女人，不过是可怜的未婚女人，她的生活没有更好的事可以做！"

"我简直不敢相信自己听到的，托马斯，我一直把你当成一个讲道理的男人……"

"我从非洲运送金条的船一靠岸，我收到这批货的钱后，就会马上将你在我公司的投资都还给你，你可以离开这个家。好了，请原谅我现在要工作了。"

一阵长长的沉默——我猜外婆是在接受爸爸刚才说的话——接着，她用温柔的声音回答了。我发现她的声音中没有愤怒，只有一种悲伤。

"我不像其他不幸的人，我并不需要钱，托马斯。

如果你想还钱给我，在任何你觉得合适的时候尽可以这么做，你将它视作解决我们之间财务问题的办法，我会接受的。但请不要因为我危及你的事业，尤其是在你最近这批货沉入大海的情况下。同时，我也会离开这里的，但我会谨慎地按自己的时间做这件事，选一个不会让人说闲话也不会让家里人悲伤的时候。晚安。"

我一听见外婆穿过书房的脚步声就赶紧逃走了——没往本来打算去的厨房方向，而是上楼回到了我自己的房间——在他们开门发现我之前。

现在怎么办？没有外婆的生活可怕得难以想象。我真的这么像妈妈吗？我多希望我能跟她说说话，哪怕十五分钟！那么爸爸呢？我从来没有听他表达过如此冷酷和无情的想法，从来没有。我很想写我恨他，但我不能，我也不恨他。

1900年10月18日

家里的空气沉闷极了。这些天来，没有人提及我几周前偶然听到的对话，我也不能让外婆知道我已在门外听到了一切。事实上在这段日子里，各种气氛奇妙地混杂在一起。一边是难过，一边是快乐。亨莉无视家里暗藏的潜流，快活地哼着歌溜走了，为她春天的婚礼做各种准备。同时，亲爱的最棒的外婆以她向来和蔼有礼的态度处理着所有事，但我能发现，她的眼神失去了光彩。而爸爸呢？他变得更加遥远，触不可及。

我想要打破这沉重的一切。这种状态会过去吗？我祈祷它会。我希望爸爸和外婆能找到一种方法来修复他们之间的裂痕——虽然正经说起来，我们对他们之间的事一无所知。不过，爸爸将妈妈的死归咎于外婆，这个想法太可怕了。

1900年10月28日

伦敦再一次证明了它"世界上最伟大帝国"首都的地位。每个人都在谈论布尔战争，因为昨天，一艘名叫"奥兰尼亚号"的轮船满载着从南非归来的士兵，在南安普顿港靠岸了。这些士兵曾经参与战斗，

10月7日从开普敦出发，如今受到了英雄般的夹道欢迎。他们今年一月离开伦敦去了非洲——我很好奇，他们中有人被金斯利小姐照顾过吗？

市长在伦敦的大街上安排了检阅活动。城市帝国志愿兵们没有直接乘火车去滑铁卢，而是来到了帕丁顿车站，因为帕丁顿是女王的车站。那里更加有名，周围也没有那么破旧。

这场活动叫做城市帝国志愿兵的游行，爸爸说我们必须参加，因为我们正在书写历史。阿奇博尔德和他妹妹莉迪亚会跟我们一起去。我们当然不会站在大街上等着游行队伍经过，市政厅里会有欢迎宴会。爸爸已经受邀参加，我相信女王也会出席。他计划开着车带我们跟随游行队伍前进，结束后我们再一起去赴宴。我不太清楚他们有没有邀请外婆，但是无论如何，她都不会跟我们一起去的。

"为什么不去呢？"外婆一个人在书房里回复信件的时候，我上前问道。

"因为我有其他事情要做，亲爱的。"

"我能跟您一起去吗？"我问，"我确定我更愿意跟您在一起。"

"不，你爸爸说得完全正确。他们正在书写历史，将来你会感激他曾经带着你一起参与的。"外婆的回答毫无热情。

"电影和妇女投票权运动一样也在书写历史，你知道的。比起战争，我更关心您做的事。"

"你错了，弗洛拉，我关心战争，关心那些没必要送命的人。我为这些平安回家的士兵感到高兴，更为他们的家庭感到高兴。我相信如果女性获得投票权，一定会少一些战争，少一些流血冲突。

"外婆，您真的要离开我们吗？"我毫无意识又情不自禁地脱口而出。她从纸上抬起头来，手中握着钢笔，面带惊讶和怀疑的表情盯着我。

"你为什么这么问？"

"我恰好听到您跟爸爸在图书馆里争吵。"

外婆慢慢放下钢笔，深思着从书桌边站了起来。"你在偷听？"

"没有！我当然没有偷听！我那时睡不着觉，想到厨房去拿杯牛奶喝。"

"坐下，弗洛拉，"外婆说着指指书桌旁的椅子，我坐到她的身边，"你爸爸关心你未来的幸福是对的，而我……我把一些你这个年纪还没法承担的想法灌输给你……"

"您知道的，那是胡说！"我乱了阵脚，眼泪汪汪，觉得似乎真的失去了唯一的盟友。某种程度上，外婆既背叛了我，也背叛了她的原则。

"别发脾气，弗洛拉。如果你想要讨论这个，就必须表现得像位年轻的女士，而不是一个坏脾气的孩子。"

她尖刻又严厉的话搞得我很想哭，但我做了个深呼吸，又坐了下来。"我已经十五岁半了，比我大三岁的亨莉都结婚了。如果她的年纪足够了解自己的思想……"

"在我看来她并没有！"

"我想知道妈妈到底发生了什么事，为什么爸爸认为责任在您？"

"这应该由他来告诉你，弗洛拉。"

"可您知道他不会告诉我！我有权知道。"

"好吧，"她叹了口气，"你妈妈在怀孕末期患了急性肺炎，她的身体不够强壮，没有抵抗住病毒的感染。越来越虚弱的她在你出生后不久就过世了。好了，现在你都知道了。"

我坐在那儿盯着外婆，等着她再进行详细的说明，但她没有。"弗洛拉，现在请离开吧，我必须继续写信了。"

"她为什么会患上肺炎？"外婆没有回答。"请告诉我，外婆，那跟您的妇女投票权运动有关系吗？"

"是的。"

"发生了什么事？"

外婆又叹了一口气。她不想我如此咄咄逼人，但她那么和蔼可亲，以至于无法拒绝我的问题。而我也必须要知道答案。

"她在跟我一起四处进行游说。她本不应该这么做。她怀着你，已经八个月了，而这也是令她变得如此强大的原因，你明白吗？女性对自己的孩子没有单独监护权。她热切地相信，如果失去了丈夫，每个女人都有以合适的方式抚养子女长大的权利。托马斯不许她再从事我们的工作，说这样会累到她。她没有听他的话。我们挨家挨户地去敲门，试图向他们解释我们的奋斗目标，请他们在我们的请愿书上签字。天色渐晚，越来越阴沉，不期而至的大雨把我们淋成了落汤鸡。即使坐上在大街尽头等着我们的马车，我们还是被浇透了。

"当我们回到家里的时候，米莉森特被冻得瑟瑟发抖。库克和我把她抬到床上。托马斯那会儿不在家。我立刻找来了哈伯德医生，可他无计可施。过了几天，她发展成了肺炎。她一定是在跟着我四处游说的时候感染了病毒。你提前出世了，五天后，米莉森特发着烧，虚弱地离开了这个世界。所以，某种程度上说，你爸爸是对的。我理应受到谴责，更无权鼓励你走一条跟你妈妈一样的路。"

"不，外婆，不应该怪您，您没有强迫妈妈，对吗？"

外婆微笑着摇摇头。

"您也没有强迫我。您说这是我妈妈热切相信的事。如果妈妈不在了，而别的什么人来到家里对爸爸说'假使没有更合适的监护人，你没有抚养这些孩子的合法权利'，爸爸会作何感想呢？您不觉得他也会大发雷霆然后起身争取自己的权利吗？我觉得妈妈非常勇敢，很遗憾我没法亲口对她说。而关于您将想法强加于我这一点，我想说，是我带您认识了电影，所以才会有今天！"

外婆前倾身体，抚摸我的脸颊。"你多么像她啊。"她喃喃道。我发誓她的眼中含着眼泪。

"对我来说，背叛妈妈的梦想，没有走上自己热切渴望的道路，这才是最可怕的错误。但您刚才告诉我的这些也让我更理解爸爸一些了。他跟我的距离总是那么遥远，这令我很受伤。我害怕他不会像爱亨莉埃塔那样爱我。我总是害怕他讨厌我，害怕自己因为某种无法理解的原因而令他失望。"

"不，弗洛拉。我觉得当他看着你的时候，他看到了那个他深爱着的美丽女人，尽管他从来没有责备过你，但是你的出世让他失去了她。"

我点点头，亲了亲外婆的脸颊，低声喃喃说了句"谢谢"就留下她继续写信了。

1900年10月29日

今天是城市帝国志愿兵游行的日子。我默默地对自己说，我会彬彬有礼，听从爸爸的指挥，甚至会亲切地对待莉迪亚和阿奇博尔德。

1900年10月30日

昨天真是漫长的一天！十点多我们就乘着爸爸的汽车从家里出发了。阿奇博尔德坐在前排爸爸的旁边，我坐在亨莉和莉迪亚之间。伦敦的每一寸土地似乎都挤满了人。我真没想到竟然会这么挤。道路两旁到处都是穿着各类制服的士兵。军乐队奏起了《女王的士兵》和其他爱国歌曲。哪里都是人，聚在一起沿着人行道缓慢移动，在酒馆和咖啡馆里扎堆。想挪一步都不行。工人们意外地多了一天假期，兴高采烈地坐在树枝上。许多孩子跨坐在自己父亲的肩膀上，朝我们这边指指点点。沿途是攒动的人山人海，大家欢呼着，吃喝着，挥舞着。从某种程度上说，的确令人印象非常深刻。

沿着福利特街，我们看到许多渴望发掘故事的记者。附近的破烂酒吧和咖啡馆生意兴隆，里面水泄不通、嘈杂吵闹。我很想停下来进去逛逛，听听他们忙着在谈笑什么。一些人似乎在看经过的城市帝国志愿兵列队。每次我看到后者，他们似乎都因喧嚣而感到茫然。我深深地为参加活动的人数所震惊。每个人都在高呼"上帝保佑女王"或"大不列颠万岁"或"大不列颠帝国万岁"。有的挥舞着旗帜和布条，有的把帽子或是随便什么旧东西抛到空中。

在这片喧闹声中，亨莉突然开口道："我猜，那些士兵应该是因为杀了一大批黑人得到了奖赏。"然后她又告诉我们别的事，好像这两件事有直接关系似的。她说她看到了《女王，女士的报纸》上的广告，一个叫"快乐黑人"的黑人歌手组合可以提供表演服务。"他们可以受聘到私人派对上表演。"她说。

"呀，那得多讨厌啊，聚会上有黑人自由地四处游荡！我会怕死的。"愚蠢的莉迪亚喊道。

　　"他们当然不是真正的野蛮人啦，莉迪亚，"亨莉埃塔极其耐心地解释道，"他们都是体面的普通白种人，把脸涂黑了而已。我想现在流行这样。我想，我有一个很棒的新奇想法，我要请他们在我的婚礼上表演。阿奇博尔德已经同意说服父亲为我们聘请他们。多么有意思啊！"我很快转移了注意力，提醒我曾对自己许下的承诺：要和蔼可亲、容易相处、与人为善。我努力将精力集中到眼前的世界上，人流正超过汽车向前移动。有时候我真怀疑我和亨莉是不是生长在同一个家庭中。这种拿人娱乐的想法令我瞬间产生了极大的反感。但当我们快到卢德门圆环时，前方不远处的一个意外分散了我的注意力。我看不见究竟发生了什么，但到处都是救护人员，整个游行队伍好像也停滞不前了。我想可能就是因为我们几乎停止不动了，所以我才注意到了那条横幅，并能清楚地看到上面的标语。不过我尽力去看，还是没看到是谁在扛着横幅。但是他们就在那里，越过人潮，高高地挥舞着旗帜，明晃晃的。我差点放声高呼，可我控制住了自己，因为我知道这种快乐是不受欢迎的。但就在那儿，在蜂拥的人群中，横幅上写着标语：妇女投票权！还有：如果女性有投票权，我们会投票反对战争！我想到了克里斯特贝尔·潘克斯特，以及她对外婆说的话：行动胜于空谈。我想知道她是不是也在人群中的某处，向包括女王在内的所有人传递她的想法。我内心感到既温暖又自豪。我试着跪着起来，努力地看向人群，但人墙少说有上百尺厚，根本不可能在其中找到某个人。也许外婆也在外面的某处？我问自己。

再往前走一点，在一片混乱中，我还瞅到一两条标语，内容似乎是抗议市议会：一个说，伦敦郡议会要改变损害纳税人利益。另一个写着：伦敦郡议会应该关心所有居民的健康和生活标准。阿奇博尔德中断了他和父亲的讨论，转身对我们说："瞧，看那儿，亨莉埃塔。社会主义者又在闹事了。即使是在今天这种充满民族自豪感的一天，他们也不能不抱怨。"

我话到嘴边又强咽了回去，转而去想如果能拍下这一天该多美妙啊。熙熙攘攘的人群，许许多多的抗议，著名城市伦敦在全速航行，把这些都拍进我梦想的电影中。这将成为电影史上真正的历史。我有各种各样的想法。但我不能沉迷于幻想中太久，因为我永远不会有一台相机，这个事实实在令人伤心沮丧。

不过，那是一个多好的故事啊！虽然电影是黑白的，但我应该会叫它：我们绚丽的帝国。

在圣保罗大教堂，市长阁下和一些警长们穿着鲜红色的外套正等待着游行队伍。离开那儿后，最终，我们抵达了市政厅。我们进入市政厅时，一个乐队奏响了《上帝保佑女王》的第一个音符，数十名身着卡其布军服的士兵正开始排队进场准备领奖。于是我们接着向前。

当欢迎活动结束的时候，我觉得我们好像一直在和自己打仗！到家时，大家都筋疲力尽，外婆不在家。我当时没有多想。但后来吃晚饭时，当我问起外婆，父亲说，她被叫到她在格洛斯特郡的别墅去了。我开始真切地感到了害怕。

晚饭后，我偷偷地走到她的房间去一探究竟。她的许多物品都被拿走了，衣柜是半空的。我冲下楼去找琼斯，心跳得特别快。父亲、阿奇博尔德和亨莉埃塔都在客厅，所以我知道我能和他安静地说会儿话。琼斯正在厨房里给父亲擦鞋。如果发生了什么事，他肯定会听到风声的。

"外婆在哪儿？"我问他。

他脸上紧张的神情告诉我，他知道答案。

"告诉我，琼斯，拜托。她是去她的别墅了，还是离开了我们？"

他一句话也没说，把手伸进裤兜里掏出一个信封，上面有我的教名。我一下就认出了这个笔迹，立马打开。琼斯就待在我旁边。

　　我最亲爱的宝贝：

　　　　昨天写这封信的时候被你看到了，就是你发现我在书房的那会儿。我想我不能再心软迟疑，应该直接下笔告诉你事情的真相，那就是，我要离开卡多根广场一段时间。不用惊慌或不安，因为我确信，很快问题就会自行解决。用不了多久，我们就会重新团聚。请不要责怪你的爸爸。离开是我的选择，而不是他的命令。我们的运动还有很多工作要做，但我恐怕这只会使他难堪。而且，我也觉得自己需要一个短暂的假期，不过，天知道，何时会有时间。

好好努力学习，因为良好的教育对你有益。无论将来你选择了怎样的道路，记住这一点。要勇敢和耐心——总有一天你会有机会成功的。我答应给你买电影放映机作为你十七岁的生日礼物。

外婆

我抬头看着琼斯，他肯定知道信件内容，因为他的表情和心碎的我一样凄凉。

我的十七岁生日！天啊，那还有十八个月呢。

"你知道她去哪儿了吗？"

他摇了摇头。

1900年11月5日

今天，今夜，是盖伊福克斯之夜。在这个夜晚，英格兰到处可以看到民众们点燃篝火、焚烧假人。假人里塞满了东西，就像一个又大又软的破布娃娃。它象征的是盖伊·福克斯。这个男人在 1605 年企图密谋炸毁英国政府所在地——国会大厦，最后以失败告终，并被处死。火药阴谋可不是我们这个家庭会去庆祝的什么节日。那么，为什么我现在在日记里提到它呢？因为我觉得爸爸和他所代表的一切都应该被炸飞。不列颠、大英帝国、女性权利的缺失、让我远离我关心和深爱着的一切、将外婆赶出了我们家，等等。不对，我不想炸掉我的爸爸。我爱我爸爸。我想摧毁的是他信奉的那些东西。我肯定不是一个人吧？不管我是出生在一个贵族家庭，还是来自一个贫苦人家，其他和我年龄相仿的女孩们一定也经历了我正在经历的挫折吧？尽管我真的非常非常喜欢贝克小姐，但如果我去学校上学而不是在家接受家庭女教师的教育，我可能可以跟与我同龄的女孩子们谈谈心。但是我会有勇气说出我所想的吗？

今天晚餐前，我对一切都太沮丧了，于是就请求珍妮帮我把头发剪掉。她瞪着我。有时候当她觉得我说话像个吃青蛙的邪恶精灵时就会这样。"你在说什么？"

"这是最新时尚。"我坚称,"我要把头发剪短,就剪到耳朵下面那里,我想。"就这样,珍妮非常不情愿地、在我的小小帮助下,剪掉了我的秀发。

我的外表一点也不淑女了,我觉得非常棒。但是当我下楼吃饭的时候,引发了多大的一场骚乱啊!如果光看每个人脸上表情的话,你可能会以为我把自己脑袋切掉了。

"你对自己做了什么?"爸爸问道,脸白得跟纸一样。

"我把头发剪掉了。"我一本正经地回答道。

"哦,弗洛拉!"亨莉埃塔尖叫道,一个字一个字地咆哮着,"不,我不相信!你怎么能做这种事!你会成为我婚礼上的耻辱。或者更糟,你会让整个家庭蒙羞。你怎么能这么草率和自私!"

"亨莉,"我尽可能地安抚她道,"你的婚礼要到三月份呢。如果我乐意的话,我的头发到时候又能长出来了。请别这么不安。何况这是我的外表,又不是你的。"

"你就是个巫婆。"她尖叫着跑出了餐厅。

"晚饭后到我书房来。"爸爸宣布。当他有一些重要的话要说，但又不想扰乱现在所做的事情时——就当下而言，是指他的晚餐，他宁愿拖一会儿再说。我们安静地吃饭，直到亨莉回来打破了沉默。她动作很夸张，还故意一直只跟爸爸说话，好像我根本不存在似的。

琼斯进来上菜时瞥了我一眼，惊得他差点把一盘羊肉扔到地上。他竭力让自己不要表现出震惊，惹得我差点放声大笑，即便我知道一会儿我就要有大麻烦了。但事实上，我与爸爸的会面并没有什么不寻常的。他问我，我一直在想什么，为什么我要故意破坏他所谓的"漂亮女性的外表"。

我唯一的反应是耸耸肩。我无法说出我想要说的话。爸爸是一个非常威严的人物，他生气的时候，让人相当畏惧。我曾希望我能向他倾吐心声，不过，虽然我渴望对他倾诉，但事实上，我只是低着头站在那里，郁闷地沉默着。我的惩罚和以前一样：我必须深居简出，只能在征得他的同意后外出。

"年轻的女士，只有我认可了你要去哪里、和谁去时，我才会同意你外出。现在，回你的房间，待在那儿。"

1900年11月10日

爸爸解雇了珍妮，就因为我的头发。我简直无法相信。我发现她在楼上的洗衣房里哭得很伤心。

"可是，他怎么可能会怪你呢？我根本没跟他说过一丁点儿和你有关系的话。"我向她保证道。

"他不客气地直接问我，我不得不说实话，承认我确实剪掉了你的头发。然后他对我说，我当你的女仆，应该牢牢盯着你不出岔子，而不是鼓励你这种愚蠢的行为。他告诉我星期五前离开这儿。他会给我一个月的工资。"

"这太荒谬了！"我喊道，"拜托，别难过，珍妮。我会让他改变主意的。在我们解决这事的期间，你有地方住吗？"

她摇了摇头，哭得更伤心了。

我沿着走廊跑去寻找亨莉埃塔，但她不在房间里。突然间，我震惊地意识到，我们居然这么疏远了。我们最后一次彼此交心，像姐妹一样咯咯笑是什么时候？这是我的错。都怪我。她一定感觉到了我有多么讨厌阿奇博尔德。她一定是被我的冷漠伤了心，为我不愿分享她的快乐而难过。我一边追悔这一切，一边来回奔跑，打开一个个房间的门，向里张望，试图弄清楚我能做什么。我们绝对不能让爸爸解雇珍妮。她是家庭的一部分，更重要的是，她没有任何权利！我怎么能这么自私，逼她参与我的恶作剧，掺和到我对爸爸的反叛行动里？如果外婆还在这儿，就不会发生这种事了。

我轰隆隆地冲下楼去找库克和琼斯。我狠狠推开厨房的门，发现他们都在，看上去很严肃。显然他们已经听到了这个消息。珍妮有可能先告诉了他们，得到了他们的同情。无论他们对我、对我的家庭或是家庭的任何一个成员多么忠诚，他们始终是雇员，我们是他们的雇主。

他们盯着我。我从他们的表情上能看出，有些东西已经改变了。他们和我拉开了距离，走进了自己的安全领域内，而我不被欢迎入内。

"外婆在哪儿?"我问。但我可以一目了然地看出他们都不愿意回答。透露消息给我这个爱挑事、叛逆的人，可能会毁掉他们的工作。

"她是唯一一个能为珍妮辩护的人。"我敦促道，"我打电话给格罗斯特了，但是她不在那里。"

他们仍然没有回应。我震惊地瞪了他们一会儿，然后逃离了房间。贝克小姐。贝克小姐在哪儿? 我瞥了一眼大厅里的落地钟。快十点了。下一秒钟她就可能会出现。通常情况下，她这个点应该到这了。她迟到了。还是爸爸把她也解雇了? 我来来回回徘徊在走廊上，当她打开前门时，我几乎是猛扑了过去。

"弗洛拉!"她尖叫道，"你吓了我一跳。"

"外婆在哪儿?"

她看上去非常困惑。她蓝色的眼睛目光摇曳，非常困惑地盯着我。

"怎么了?"

"爸爸已经解雇了珍妮。我要找外婆。"

"珍妮? 为什么?"

"因为我和我常说的电影，因为我把我愚蠢的头发剪了，还有我恨阿奇博尔德·马什，还有我不知道外婆在哪儿！"我失控地大哭大喊。

贝克小姐拉着我的手，带我走到客厅。她脱下外套，整齐地叠起来放在沙发扶手上。"如果是关于电影和动画的话，我认为他应该会让我离开，不是吗？我不清楚你外婆在哪里。但你问过投票权协会的人吗？"

这些话对我来说就像魔法一样。"我从来没有想过要到那边问问。不过，当然，我马上就去。"我起身准备离开，但还没走一步，贝克小姐拉住了我的胳膊。

"弗洛拉，等等！你知道你不能够不经允许就离开这所房子。你想让大家都被扫地出门吗？停下，深呼吸，让我们用更明智的方式想想这件事。"

"我必须告诉她这事。她得回来请爸爸改变主意。如果他希望有人收拾行李离开，那么我会走。"

"安静，弗洛拉。别废话了，让我想想！"

我不情愿地倒在一把椅子上。

"有了。"她说，"中午，我要给亨莉埃塔上一堂数学课。在那之前，我应该教你历史，然后是地理。我会把今天上课准备好的作业给你，然后我就偷溜。如果，你爸爸非常意外地回来了，那么你必须告诉他，我不得不去看牙医了——这是谎话，我知道。但是，你必须保证待在这里学习。你要是不听我的话，会让我们都做不成事。还有，弗洛拉，我一点儿也不赞成说谎，但我不能看着珍妮失业，你懂吗？"

我点了点头，然后摇了摇头。"我和你一起去。"我说。

"不行！"

"行的。是我一手造成的后果，我想尽我最大的努力挽回，而且我也想看看外婆。"

"弗洛拉——"

"给爸爸打电话，拜托了，求他让我们离开这所房子。"

"弗洛拉，你让我的工作也岌岌可危。"

"不比你去看牙医更冒险。打电话给他，我去叫辆马车。"

爸爸同意贝克小姐带我去自然历史博物馆参观，我们就这样逃了出来。

协会的总部坐落在切尔西的一个小马车房里。外婆不在，但克里斯特贝尔·潘克斯特在。我要求见她，一开始被拒绝了。但当我说出了当前的困境后，接待处的年轻女士同意给她打电话。令我大吃一惊的是，克里斯特贝尔立刻认出了我，还和贝克小姐像老朋友一样拥抱。

"行动胜于空谈。"她们低声对彼此说，仿佛交换她们的秘密代码。

克里斯特贝尔坐在接待处接待了我们。我解释了我们的困难。听完了我们的故事后，她立刻同意联系外婆。她告诉我，外婆"正在意大利威尼斯度假。同时，协会会为你的保姆珍妮提供出一张床位，直到问题顺利解决"。这会很快，她向我们保证。

1900年12月

事情完美地解决了。外婆从威尼斯回来，又搬回卡多根广场跟我们住在一起，就像她从未打算离开过一样。我们所有人都热诚地欢迎她回家。她原本打算和爸爸说说珍妮的事情，但我很高兴地说，我已经解决了。贝克小姐和我从投票权协会的伦敦总部回来后，我去找珍妮，发现她低落地缩在洗衣房的角落里，哭得脸都又红又肿。看到她棘手的现状和我造成的麻烦后，我感到既内疚又惭愧。

"你没有什么好害怕的，珍妮。"我告诉她，试图安慰她，"你会被安排妥当的。"

但我的话并没有减轻她的痛苦。她流着泪，告诉我她不能回她父母那里，她男朋友没有向她求婚，还有，他们之间发展得不太好，她不相信他想娶她，她现在多希望她一开始没遇到过他。"我失业了，还无家可归。"她哭着说。

我有责任，我知道应该由我、而不是外婆，让事情回到正轨。我下定决心就这么做了。当爸爸回家时，他和往常一样心烦意乱，满脑子都是工作的事。我要求和他谈谈。起初，他很烦躁，好像我打断了他的思路。但他看到我一脸严肃，就点了点头，领我去了他的书房。我面对他坐下，心跳如鼓。爸爸一定觉察到了我的恐惧和不安，但他并没宽慰我。

"我等着呢。"他说。

我知道这是我的机会，如果我现在不向他敞开心扉，停止和他抗争，就会失去这个机会，我们可能永远不会成为朋友，不会互相了解。我有太多的话要说，几乎不知道从哪里开始。我深吸了一口气，支支吾吾地开始向他倾诉心里话。他一次也没打断，所以我不知道我的意思究竟传达到了多少，但我只能继续。我告诉他我不小心听到了他和外婆的争吵，以及我因为外婆的离开责怪他。我试图向他解释我是多么想追求自己的事业，不想像亨莉那样结婚。我为我剪了头发道歉，这是向他抗议的行为，但我明确表示，珍妮没有任何责任。他还是什么也没说，但我确信他的表情缓和了一点，而且他听得很认真，很耐心。

最后，我讲到了妈妈。爸爸放下了紧握在办公桌上的双手。我知道我触及到了他微妙的底线。我求他不要认为我，或者外婆，应该对妈妈的死负责。我求他不要严厉地评判我，因为，显然我和妈妈很像。

"请不要刻薄地批评我，就因为我不渴望你信奉的那些东西。我很任性，爸爸，我知道。"我说，"也许这不是一件好事。可另一方面，我坚信我想要实现的东西。没有这样的激情驱动，世界上就没有什么会改变。拜托，爸爸，不要让我失去我的机会。"

"你到底想要什么，弗洛拉？"

"我非常渴望制作电影，也想像外婆和妈妈一样，为重新定义现有的女性社会角色而奋斗。我最想要的是，我们——你和我，爸爸，成为朋友。"我的喉咙哽住了，我强忍住泪水，"我想要我们彼此相爱。"

他什么也没说。我们如陌生人一般静静地坐在桌子旁，可他没将视线从我身上移开。我们仿佛两个各自漂浮的岛屿，直到他用我几乎听不到的音量，低声说："过来。"

我站起来，颤抖着绕过桌子，奔向他伸出的双手。他抓着我，将我一把拉入怀中，紧紧地拥抱着我，害我差点以为自己要窒息了。"谢谢你。"他在我耳边喃喃地说。

整个事件的最终结果是，珍妮不会离开我们。事实上，圣诞节之后，她将陪同贝克小姐和我去巴黎。来年，我会在那里上学。当然，我们会在春假的时候回来，参加亨莉和阿奇博尔德·马什子爵的婚礼。

在此期间，爸爸写了一封信给莱昂·高蒙先生和他的女导演——爱丽丝·盖伊，恳请让我兼职学习电影艺术。我们正期待他们的回音。

想知道更多

历史背景

　　维多利亚时代早期，理想女性的标准是坚守家中，专心照顾自己的丈夫和孩子。但在1899年，在维多利亚女王统治了六十二年后，情况发生了改变。中产阶级女性成为老师、秘书或者公务员，在当时并不罕见，个别的甚至能成为医生。剑桥和牛津大学均设有女子学院，伦敦大学也在1880年接收女性为正式成员，尽管这些大学都不允许给女性颁发学位。1882年后，已婚妇女可以合法拥有财产——而在此之前，所有的物资财产均归她们的丈夫所有。1869年地方政府法案通过后，一些女性获得了地方选举的投票权，许多妇女开始参与当地政治。和我们今天的情况相比，这些进步听上去可能显得非常渺小。但得益于当时各种各样的妇女运动，在弗洛拉写下这部日记的时期，女性毫无疑问正享有新的自由。然而不管怎样，妇女始终没有议会选举的投票权。

十九世纪六十年代，妇女投票权运动拉开了序幕。一小群定期在伦敦朗豪坊会面的富有女性，出版了《英国妇女杂志》，刊登了包括呼吁延伸投票权至女性的系列文章。伦敦妇女投票权协会成立，随后其他地方很快也成立了类似的组织。1867年，这些组织联合起来正式组成了国家妇女投票权协会。

约翰·斯图尔特·密尔1865年当上国会议员后，宣传呼吁女性投票权。他在1869年出版的知名著作《妇女的屈从地位》一书中，写道：

> 我想，几乎人人都承认……拒绝人类的一半参与多数赚钱的职业……是不公正的……无论在什么情况下，在什么限制内，男性拥有投票权，却在同样情况下，不允许女性有投票权，这是毫无理由的……女性要求投票权，就是为了保证她们能够得到公正平等。

重要的是要记住约翰·斯图尔特·密尔提到的"情况"和"限制"：十九世纪初，只有极少数人能够投票选举。1867年和1884年两项改革法案更改了许多限定，使得很多工人阶级男性获得了投票权，当然并非全部工人阶级都能投票。正如弗洛拉在日记中所记下的，在十九世纪与二十世纪交替之际，男女权益的不同并不是当时唯一的不平等。

小部分工人阶级女性发现，如果这些适用于男性的关于金融资产和房产的投票限制条款同样适用于女性，即便投票权延伸至女性，她们也一样无法投票。许多妇女参政论者感到，扩大投票权的需求应当从女性延伸至所有人，不分阶级和资产地位，但这一观点受到了另外一部分妇女参政拥护者的反对。这一争论加上其他的政见不合，导致了不同投票权阵营的形成、分裂。伊丽莎白·沃斯滕霍姆·艾尔米在1889年成立的妇女参政权联盟，是首批积极鼓励工人阶级女性参与的选举团体之一。十九世纪九十年代，工人阶级参与投票权运动的人数逐渐增长。

1897年，米莉森特·福赛特组织召开了多个选举团体的联席会议，会上同意成立全国妇女投票权联合会（NUWSS）。这个最大的选举协会，通过向议员游说、召开会议和出版报刊手册等方式，继续推进普选权运动，并组织了一系列游行。1907年2月的麦德游行就是早期游行之一。这次游行从海德公园到埃克塞特会堂，现场旗帜飘扬，还有许多铜管乐队。尽管这次游行是一场非暴力运动，但它标志着妇女参政论者的战斗行动的开始，是"行动胜于空谈"的真正开端。

大事年表

1832 年　改革法案扩大了投票权的范围，包括了更多的有钱男性。

1833 年　奴隶制在英国及其帝国废除。

1837 年　维多利亚女王登基，年仅十八岁。

1840 年　维多利亚女王嫁给了自己的表兄，萨克森-科堡-哥达公国的阿尔伯特亲王。

1854 年　克里米亚战争爆发，一直持续到 1856 年。

1866 年　约翰·斯图尔特·密尔向议会递呈了关于妇女投票权的请愿书。

1867 年　伦敦妇女投票权协会成立。《改革法案》授予了更多英国男性投票权，但是很多工人阶级男性仍然不包含在内。所有女性依旧被排除在外。

1869 年　市政法人（参政权）法允许拥有财产的单身女性拥有地方选举的投票权。约翰·斯图尔特·密尔的《妇女的屈从地位》出版。

1870 年　埃米琳·潘克斯特的丈夫理查德·潘克斯特起草了第一个妇女投票权法案。随后，十九世纪七十年代期间，更多的投票权法案面世。

1872 年　妇女投票权中央委员会成立。

1876 年　亚历山大·格拉汉姆·贝尔获得电话机的专利权。

1877 年　维多利亚女王正式成为印度女皇。

1882 年　已婚妇女财产法案允许女性在婚后持有个人财产（此前，已婚女性的所有财产由其丈夫合法拥有）。

1882 年　第一次布尔战争（在南非）开始。

1884 年　改革法案扩大了男性投票权的范围。女性投票权法案的提案被否决。

1889 年　伊丽莎白·沃斯滕霍姆·艾尔米成立妇女参政权联盟。

1893 年　英国开始生产机动车。

1894 年　教区议会法案将地方选举的投票权范围扩大至有产的已婚女性和单身女性，后者自 1869 年起就是地方选举人。

1896 年　卢米埃尔兄弟在英国首次公开放映他们拍摄的影片《火车进站》。

1897 年　全国妇女投票权联合会成立。

1899 年　第二次布尔战争开始。

1900 年　工人代表委员会（之后更名为工人党）成立。

1901 年　爱德华七世登基为王。

1903 年　埃米琳·潘克斯特和克里斯特贝尔·潘克斯特在曼彻斯特成立妇女社会和政治联盟。

1899 年年轻女性的时髦晚装

卢米埃尔兄弟影片的广告

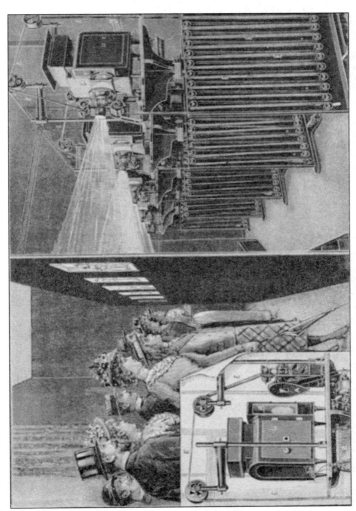

1900 年巴黎世博会上的高蒙电影放映机展

摄于 1900 年左右的伦敦卢德门圆环交叉口的繁忙街景。背景隐约可见圣保罗大教堂

1906年前后的剑桥，一群人排队等看巡回放映的电影

明胶银印的米莉森特·福赛特照片，摄于 1890 年至 1895 年间

二十世纪初的一家妇女投票权社团的办公室。一幅海报上画着一个妇女和她的孩子们，上书"当家人、纳税人，为什么是投票人？"

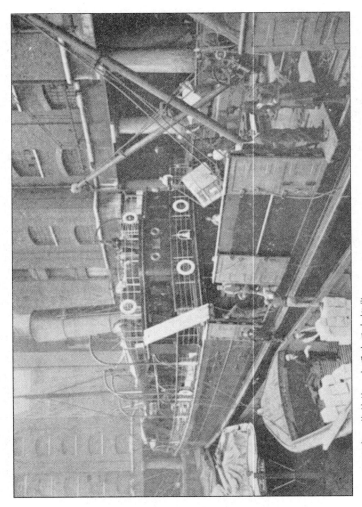

1900 年，伦敦的一个码头正在卸货

初次踏入社交季的贵族少女们在白金汉宫获女王接见后，正准备离开会见厅。少女们都身着长裙，头戴面纱，手捧鲜花

1903 年，伦敦肯辛顿的交通。1893 年英国第一次制造出了汽车，二十世纪早期汽车迅速风靡全国

图片致谢

167 页：年轻女士们的晚装，时尚插图，玛丽·埃文斯图片库

168 页：影片广告，魔术，玛丽·埃文斯图片库

169 页：巴黎世博会高蒙展览，大自然，玛丽·埃文斯图片库

170 页：卢德门圆环交叉口，玛丽·埃文斯图片库

171 页：电影巡回放映场地前排队的人群，玛丽·埃文斯图片库/巴里诺曼收藏

172 页：米莉森特·福赛特，玛丽·埃文斯图片库/妇女图书馆

173 页：奥尔德姆妇女投票权社团办公室，玛丽·埃文斯图片库/福赛特图书馆

174 页：伦敦码头，玛丽·埃文斯图片库

175 页：初次踏入社交季的贵族少女们在宫廷，

埃弗拉德·霍普金斯，伦敦新闻画报，玛丽·埃文斯
图片库

　　176 页：伦敦肯辛顿的交通，F.S.斯宾塞，伦敦
新闻画报，玛丽·埃文斯图片库